犯人《にん》は、部屋《へや》にいた、あやしい男《おとこ》!?
寝室《しんしつ》
うらのまど
血《ち》のしみ
セントクレア氏《し》は、どこに消《き》えたのか…？
ブラッドストリート警部《けいぶ》
ボウ警察署《けいさつしょ》につとめる警察官《けいさつかん》で、ホームズの知《し》り合《あ》い。
ヒュー・ブーン
アヘン窟《くつ》の3階《かい》にいた、なぞの人物《じんぶつ》。「くちびるのねじれた男《おとこ》」とよばれる。

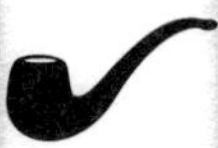

エピソード 01 なぞの赤毛《あかげ》クラブ

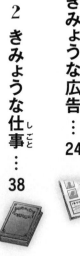

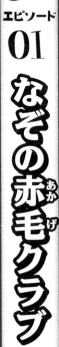

「名探偵《めいたんてい》シャーロック・ホームズ」の世界《せかい》へようこそ!

名《めい》探《たん》偵《てい》シャーロック・ホームズ

Sherlock Holmes

なぞの赤《あか》毛《げ》クラブ

作《さく》／コナン・ドイル

編著《へんちょ》／芦辺《あしべ》 拓《たく》　絵《え》／城咲《しろさき》 綾《あや》

Gakken

運命《うんめい》の出会《であ》い!

事件《じけん》ナビ

この本《ほん》に出《で》てくる事件《じけん》を
しょうかいしよう!

ぼく、ワトスンとホームズがはじめて会《あ》ったのは、一八八一年《ねん》。
ホームズは、一《ひと》目《め》見《み》ただけで、ぼくの住《す》んでいた場所《ばしょ》や、
仕事《しごと》を当《あ》ててしまったんだ。びっくりしたよ!

はじめまして。*アフガニスタンから、もどってこられたんですね。

シャーロック・ホームズ

するどい推理力《すいりりょく》で、むずかしい事件《じけん》を解決《かいけつ》する世界一《せかいいち》の名探偵《めいたんてい》。タバコと実験《じっけん》がすき。

＊アフガニスタン…中央《ちゅうおう》アジアにある国《くに》で、当時《とうじ》イギリスと戦争《せんそう》をしていた。

持《も》ちこまれた
きみょうな依頼《いらい》……

エピソード01
なぞの赤毛《あかげ》クラブ

ある日《ひ》、真《ま》っ赤《か》な髪《かみ》をした男《おとこ》の人《ひと》が相談《そうだん》に来《き》た。「赤毛《あかげ》クラブ」という、へんてこな会《かい》に入《はい》ったらしいのだが、どうもそのクラブのようすがおかしいようで……。

ビンセント・スポールディング

ウィルスンの質屋《しちや》の店員《てんいん》。

ジェベズ・ウィルスン

真《ま》っ赤《か》な髪《かみ》の依頼人《いらいにん》で、質屋《しちや》をやっている。

メリーウェザー頭取《とうどり》

シティ・アンド・サバーバン銀行《ぎんこう》の社長《しゃちょう》。

ダンカン・ロス

赤毛《あかげ》クラブの会員《かいいん》。新聞《しんぶん》に会員募集《かいいんぼしゅう》の広告《こうこく》を出《だ》す。

ピーター・ジョーンズ警部《けいぶ》

ロンドン警視庁《けいしちょう》の警察官《けいさつかん》。ホームズとは知《し》り合《あ》い。

221B《ビー》室《しつ》の間《ま》取《ど》り図《ず》

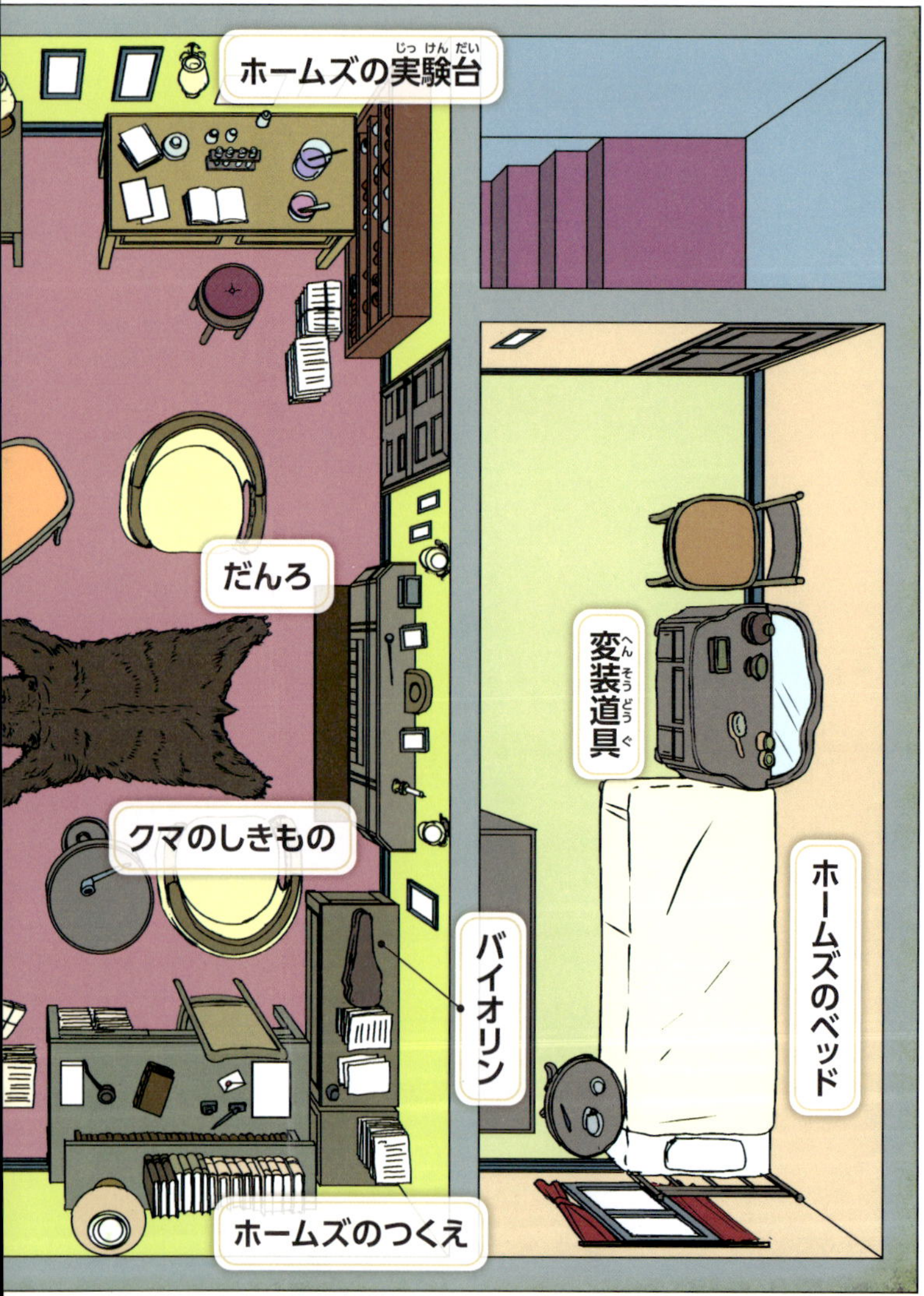

ふとしたことから、いっしょに住《す》むことになった、ホームズとぼく。

ロンドン・ベーカー街《がい》

この部屋《へや》で、さまざまな事件《じけん》を解決《かいけつ》していくことになるんだ。

たとえば、こんなふうに……。

どんな事件《じけん》かは……ここを開《ひら》いてみよう。

ワトスンMEMO《メモ》

ホームズが活《かつ》やくしていたころのロンドン

1900年《ねん》ごろは、自動車《じどうしゃ》や電話《でんわ》など、次々《つぎつぎ》に新《あたら》しいものが発《はつ》明《めい》されていた時代《じだい》。でも、まだ古《ふる》いものも使《つか》われていて、ホームズは両方《りょうほう》をうまく使《つか》いわけて、事件《じけん》を解決《かいけつ》していたよ。

新聞《しんぶん》

テレビやパソコンがなかった当時《とうじ》、新聞《しんぶん》は、ニュースを知《し》るためにとても大切《たいせつ》なものだったよ。ホームズは何種類《なんしゅるい》も新聞《しんぶん》を読《よ》んで、事件《じけん》のヒントをさがすんだ。

馬車《ばしゃ》

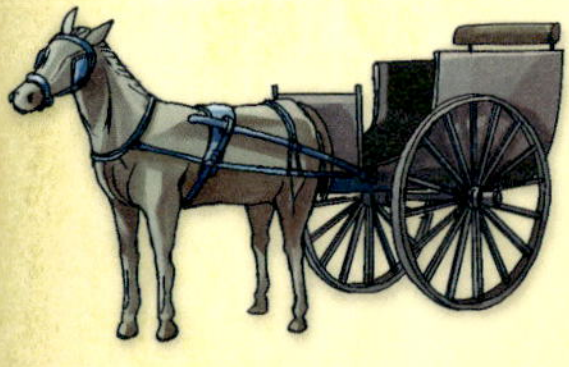

自動車《じどうしゃ》が走《はし》ると同時《どうじ》に、馬車《ばしゃ》も活《かつ》やくしていたよ。バスのように決《き》まった道《みち》を通《とお》る「乗《の》り合《あ》い馬車《ばしゃ》」や、タクシーのような「つじ馬車《ばしゃ》」。そして、お金《かね》持《も》ちは自分《じぶん》の馬車《ばしゃ》を持《も》っていたんだ。

質屋《しちや》

質屋《しちや》とは、品物《しなもの》をあずけてお金《かね》をかりる店《みせ》のこと。決《き》められた日《ひ》までにお金《かね》を返《かえ》せば、品物《しなもの》はもどってくる。返《かえ》せないと、品物《しなもの》は質《しち》屋《や》さんのものになるんだ。当時《とうじ》ロンドンには、400以上《いじょう》の質屋《しちや》があったといわれているよ。

＊ホームズの活《かつ》やくについては、「10歳《さい》までに読《よ》みたい世界名作《せかいめいさく》 6巻《かん》 名探偵《めいたんてい》シャーロック・ホームズ」でも読《よ》めます。

きみょうな広告《こうこく》

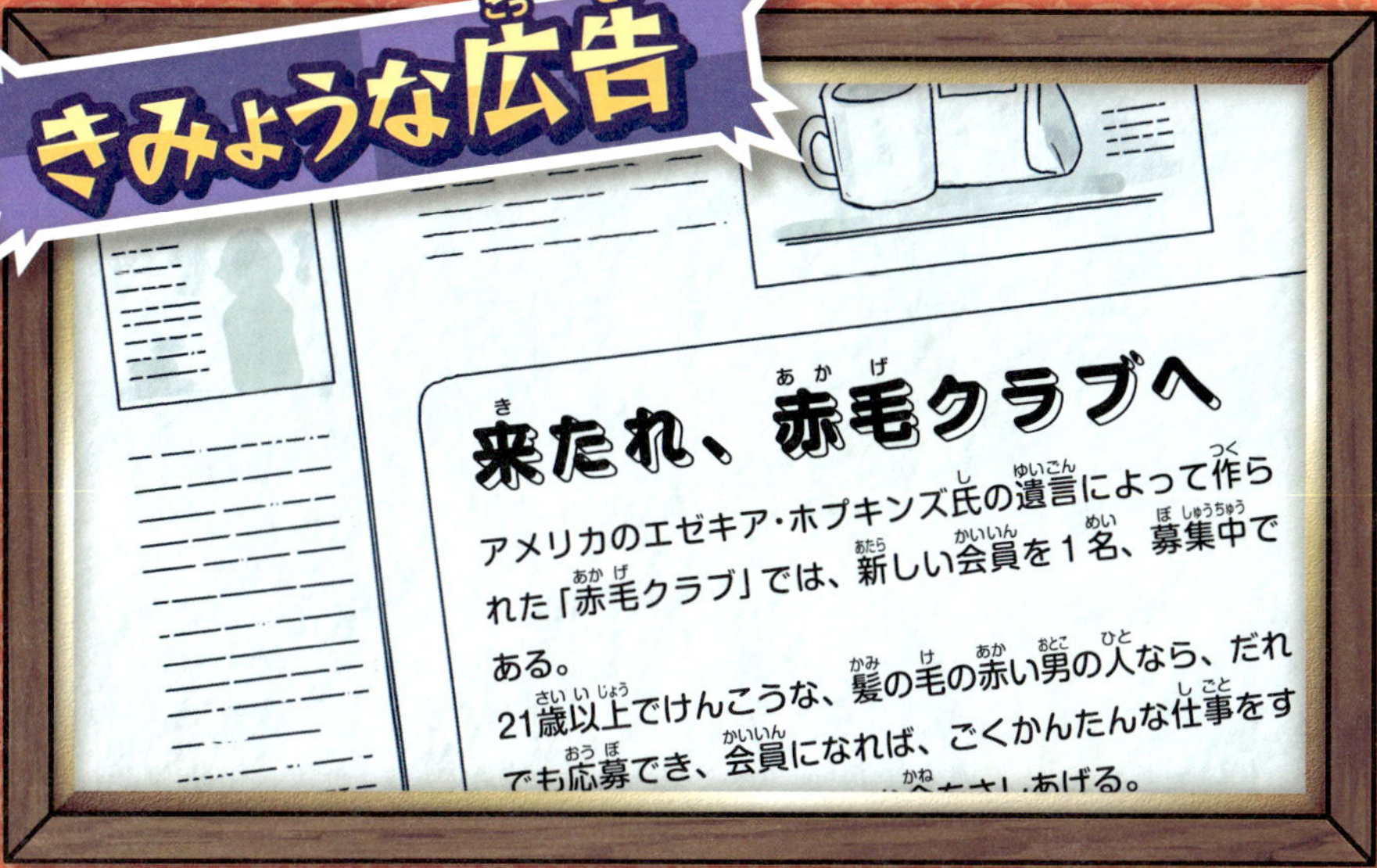

きみょうな仕事《しごと》

うらにかくされた
おどろきのひみつとは!?

事件《じけん》は、この部屋《へや》で起《お》こった!

エピソード02 くちびるのねじれた男《おとこ》

りっぱな紳士《しんし》セントクレア氏《し》が、妻《つま》の目《め》の前《まえ》で、すがたを消《け》した。事件《じけん》現場《げんば》にいた、あやしい男《おとこ》は、関係《かんけい》しているのか……!?

セントクレア夫人《ふじん》

ネビルの妻《つま》。ホームズに夫《おっと》をさがしてほしいと依頼《いらい》をした。

ネビル・セントクレア

「杉《すぎ》の木館《きやかた》」の主人《しゅじん》で、りっぱな紳士《しんし》。とつぜん、いなくなる。

エピソード
02 くちびるのねじれた男《おとこ》

プロローグ

シャーロック・ホームズ！

みなさんも、この名《な》をどこかで聞《き》いたことがあるのではありませんか。イギリス一《いち》、いえ、世界一《せかいいち》の名探偵《めいたんてい》。どんななぞも解《と》いてみせ、悪人《あくにん》をとらえ、こまった人《ひと》を助《たす》けてくれる正義《せいぎ》の人《ひと》。そして、何《なに》よりうれしいことには、ぼく――ジョン・ワトスンの親友《しんゆう》でもあるのです。

ぼくがホームズと出会《であ》ったのは、一八八一年《ねん》のこと。医者《いしゃ》になる学校《がっこう》を出《で》たあと、外国《がいこく》で仕事《しごと》をして、イギリスに帰《かえ》ってきたときでした。

ぼくは、ロンドンのどこかに部屋《へや》をかりて住《す》むつもりでした。一人《ひとり》でそうするよりは、だれかと家賃《*やちん》を出《だ》し合《あ》い、共同生活《きょうどうせいかつ》をしたほうがいいと考《かんが》えて、だれかしょうかいしてほしいと友人《ゆうじん》に相談《そうだん》したのです。

「それならば、ちょうどいい男《おとこ》がいるよ。ちょっとかわり者《もの》だがね。」

ということで、ある病院《びょういん》につれていかれました。かれは、そこの実験室《じっけんしつ》をかりて、化学《かがく》の研究《けんきゅう》に取《と》りくんでいるとのことでした。

「ホームズくん。この人《ひと》が、ドクター・ワトスンだよ。」

と友人《ゆうじん》が教《おし》えると、やせて背《せ》の高《たか》いかれは実験《じっけん》の手《て》を止《と》め、つかつかとぼくのところにやってきました。そしてぼくをじっと見《み》るなり、

「やあ、はじめまして。アフガニスタンから、もどってこられたんですね。」

と、にっこりしながらいいました。たしかに、ぼくはアフガニスタンで

プロローグ

病気《びょうき》になって帰国《きこく》したばかりでしたから、びっくりしてききました。

「ええ、そうですが……でも、どうしてそんなことがわかるんです？」

「何《なに》、かんたんなことですよ。ぼくの友人《ゆうじん》は、あなたを『ドクター』とよんだ。まず思《おも》いつくのは医者《いしゃ》ですが、あなたの姿勢《しせい》やしぐさを見《み》ていると軍人《ぐんじん》のようでもある。すると、軍隊《ぐんたい》にいる医者《いしゃ》かな。かなり色《いろ》黒《ぐろ》に見《み》えますが、服《ふく》のそでから見《み》えるうでは白《しろ》いから、これは熱帯地《ねったいち》方《ほう》にいて日《ひ》にやけたのだ。やつれたようすをしているし、左《ひだり》うでにけがをしたのか少《すこ》し不自由《ふじゆう》に見《み》える。今《いま》、イギリスの軍医《ぐんい》がそんなにも日《ひ》やけをし、けがをしたり病気《びょうき》になったりしそうな国《くに》といえば、アフガニスタンしか考《かんが》えられない――そう、推理《すいり》したまでのことです。」

「な、なるほど……。」

＊家賃《やちん》…家《いえ》をかりるためにはらうお金《かね》。

ぼくは、すっかり感心《かんしん》してしまいました。かれのいうことが、何《なに》から何《なに》まで当《あ》たっていたからです。友人《ゆうじん》は、わらいながら、

「ホームズくんは、いつもこんな調子《ちょうし》なんだ。……ところで、ホームズくん。きみは部屋《へや》をいっしょにかりる人《ひと》がいないか、さがしていたっけね。」

そういうと、シャーロック・ホームズはうれしそうに、

「おう、ワトスンさん、あなたがその人《ひと》でしたか。ちょうどベーカー街《がい》に、いい部屋《へや》を見《み》つけたところなんですよ。どうかよろしく！」

と、手《て》をさしのべてきたので、ぼくたちは、昔《むかし》からの友《とも》だちのように、あく手《しゅ》しました。

——こうして、ぼくとシャーロック・ホームズは、ロンドン市内《しない》のベーカー街《がい》二二一B《ビー》にある部屋《へや》を、二人《ふたり》でかりることになったのです。

プロローグ

じっさいに共同生活《きょうどうせいかつ》をしてみると、ホームズは聞《き》いていた以上《いじょう》の変人《へんじん》でした。一日《いちにち》じゅう実験《じっけん》をしていたかと思《おも》うと、バイオリンをかきならしたり、ずっと考《かんが》えごとにふけったり、急《きゅう》にどこかへ出《で》かけたりと、いったい何《なに》が仕事《しごと》なのか、さっぱりわかりませんでした。

そんなかれの元《もと》へは、警察《けいさつ》が相談《そうだん》を持《も》ちかけてきたり、いろんな人《ひと》が、さまざまななやみごとをかかえて、たずねてきたりします。

そのたびにホームズは、ぼくとはじめて会《あ》ったときのように、相手《あいて》がどんな人間《にんげん》かをいいあてたり、ふしぎな出来事《できごと》の*真相《しんそう》を見《み》ぬいたりするのでした。

そう、かれの仕事《しごと》とは、推理《すいり》すること。シャーロック・ホームズこそはロンドンだけでなく、世界《せかい》ではじめてといっていい、私立探偵《しりつたんてい》なので

*真相《しんそう》…物事《ものごと》のほんとうのすがた、ようす。

した。

今日《きょう》も、ベーカー街《がい》のぼくたちの元《もと》へは、ふしぎな事件《じけん》が持《も》ちこまれてきます。いつの間《ま》にか、かれの相棒《あいぼう》をつとめ、冒険《ぼうけん》をともにし、その活《かつ》やくを記録《きろく》するのが、ぼくの仕事《しごと》となりました。

そう、たとえば、こんな具合《ぐあい》に――。

エピソード

01

なぞの赤《あか》毛《げ》クラブ

1 きみょうな広告《こうこく》

ぼくがいつものように、ベーカー街《がい》二二一B《ビー》のドアを開《ひら》いたとき、シャーロック・ホームズは、ちょうどお客《きゃく》と会《あ》っているところでした。これはまた、何《なに》か探偵《たんてい》としての仕事《しごと》が持《も》ちこまれたのかな、と期待《きたい》すると同時《どうじ》に、真《ま》っ先《さき》に思《おも》ったことがありました。

(なんと真《ま》っ赤《か》な髪《かみ》をした人《ひと》だろう。)

人間《にんげん》の髪《かみ》の毛《け》には、いろいろな色《いろ》があります。かがやくような金髪《きんぱつ》や、茶色《ちゃいろ》の髪《かみ》の毛《け》もあれば、黒髪《くろかみ》の人《ひと》もたくさんいます。

ですから、たんに赤毛《あかげ》というぐらいでは、べつにめずらしくもないのですが、その人《ひと》の髪《かみ》はとても赤《あか》くて、よく目立《めだ》っていたのです。

「やあ、ワトスンくん。こちらはジェベズ・ウィルスンさんといって、ぼくのところへ事件《じけん》の依頼《いらい》に来《こ》られたんだよ。」

ホームズは、げんかんにつっ立《た》ったままのぼくに向《む》かって、いいました。

「それなら、話《はなし》がすむまで、べつの部屋《へや》で待《ま》っていようか。」

ぼくがえんりょしていうと、ホームズは首《くび》をふって、

「いや、今《いま》、この人《ひと》の話《はなし》を聞《き》きかけていたんだが、ちょっとほかにないような、おもしろい事件《じけん》らしいんだ。……ウィルスンさん、こちらはワトスン博士《はかせ》といって、ぼくのてつだいをしてくれている医者《いしゃ》です。よければ、かれにもお話《はなし》を聞《き》かせてやってくれませんかね。」

「わたしは、かまいませんよ。」

ウィルスンというお客《きゃく》が、そういってくれたので、ぼくは二人《ふたり》のそばにあった長《なが》いすに、こしかけました。

ぼくはお客《きゃく》を観察《かんさつ》してみましたが、でっぷり太《ふと》って、見《み》た目《め》は商人《しょうにん》のようだが、フロックコートと、こうしじまのズボンはくたびれ、わきに

1　きみょうな広告

おいたぼうしとコートもすりきれている、としかわかりませんでした。

あと気《き》づいたのは、右《みぎ》の手首《てくび》に、色《いろ》あざやかなあざかしみのようなものが、ちらっと見《み》えたこと、また懐中時計《かいちゅうどけい》のくさりに丸《まる》くて四角《しかく》いあなの開《あ》いたかざりが下《さ》げてあること——これぐらいでしょうか。

もちろん、それだけでは、この人《ひと》がどんな人《ひと》だか、わかるわけがありません。なのに、ホームズはにこにこしながら、

「ワトスンくん、こちらのウィルスンさんは、昔《むかし》、手《て》をよく使《つか》う力仕事《ちからしごと》をしておられたようだ。すきなものは、＊かぎタバコ。そして、わかいころには中国《ちゅうごく》におられたらしいんだ。ちがいますか？」

ずばりと、そういうのを聞《き》いて、ぼくはびっくりしてしまいました。

ウィルスン氏《し》は、もっとおどろいたらしく、目《め》を丸《まる》くしながら、

＊かぎタバコ……火《ひ》をつけず、鼻《はな》から粉《こな》をすいこんで、かおりを楽《たの》しむ種類《しゅるい》のタバコ。

「ちょ、ちょっと待《ま》ってください、ホームズさん。わしはたしかに、わかいころ*船大工《ふなだいく》をしていましたし、かぎタバコは大《だい》の好物《こうぶつ》です。ほかのことも、あなたのいうとおりだが、どうしてそんなことがわかったんですか。」

すると、ホームズは満足《まんぞく》そうにうなずきながら、

「何《なに》、かんたんな推理《すいり》ですよ。あなたの右手《みぎて》は、左手《ひだりて》より、ずいぶんたくましくて、大《おお》きい。これは昔《むかし》、右手《みぎて》をよく使《つか》う力仕事《ちからしごと》をしていたので、自然《しぜん》にそうなったのです。かぎタバコがすきなのは、鼻《はな》の中《なか》が茶《ちゃ》色《いろ》っぽいのを見《み》ればわかります。また、右手首《みぎてくび》に魚《さかな》の形《かたち》をした、ほりものがありましたが、この絵《え》がらは中国《ちゅうごく》にしかないものですし、時計《とけい》のくさりにつけたアクセサリーはお金《かね》のようですが、四角《しかく》いあなが開《あ》

いているので、これも中国《ちゅうごく》のものでしょう。……あと、それから最近《さいきん》、ずいぶんたくさん書《か》き物《もの》をなさいましたね。」

ホームズは、ウィルスン氏《し》の身《み》なりに目《め》を向《む》けると、いいました。

「ど、どうして、そんなことまで……。」

ウィルスン氏《し》は、すっかりびっくりしてしまいながら、いいました。

「何《なに》、これもかんたんなことですよ。あなたの服《ふく》の右《みぎ》のそで口《ぐち》が、十二、三センチほど、てかてか光《ひか》っていますし、左《ひだり》うでのひじのあたりには、すべすべしたつぎ布《ぬの》が当《あ》ててあります。これはつくえに向《む》かい、右手《みぎて》にペンを持《も》って、左手《ひだりて》で紙《かみ》をおさえていたことを、あらわしています。」

（なるほどなあ……）と、ぼくは感心《かんしん》してしまいました。

みなさんもためしてごらんなさい。ペンやえん筆《ぴつ》で、字《じ》や絵《え》をかいて

＊船大工《ふなだいく》…木《き》の船《ふね》をつくる専門《せんもん》の職人《しょくにん》。

いると、ききうでのそでが、つくえにこすれますし、反対《はんたい》のひじは、ずっとつくえにふれていますから、どうしてもいたみやすいのです。

「なるほどね。わかってみれば、かんたんなことですな。」

ホームズの説明《せつめい》を聞《き》き、ウィルスン氏《し》は安心《あんしん》したようにいいました。

「ねえ、ワトスンくん。種明《たねあ》かしを聞《き》くと、みんなこんなふうにいうんだよ。いっそ、何《なに》も説明《せつめい》をしないほうがいいのかもしれないね。」

「いや、そんなこともないだろう。」

ぼくは、にがわらいするホームズにいいました。

というのも、お客《きゃく》さんの体《たい》かくや服装《ふくそう》のとくちょう、ちょっとしたしぐさなどに気《き》づくのは、そんなにかんたんなことではないからです。まして、それらを元《もと》にして、その人《ひと》がどんな人間《にんげん》かを、すぐに見《み》ぬくこと

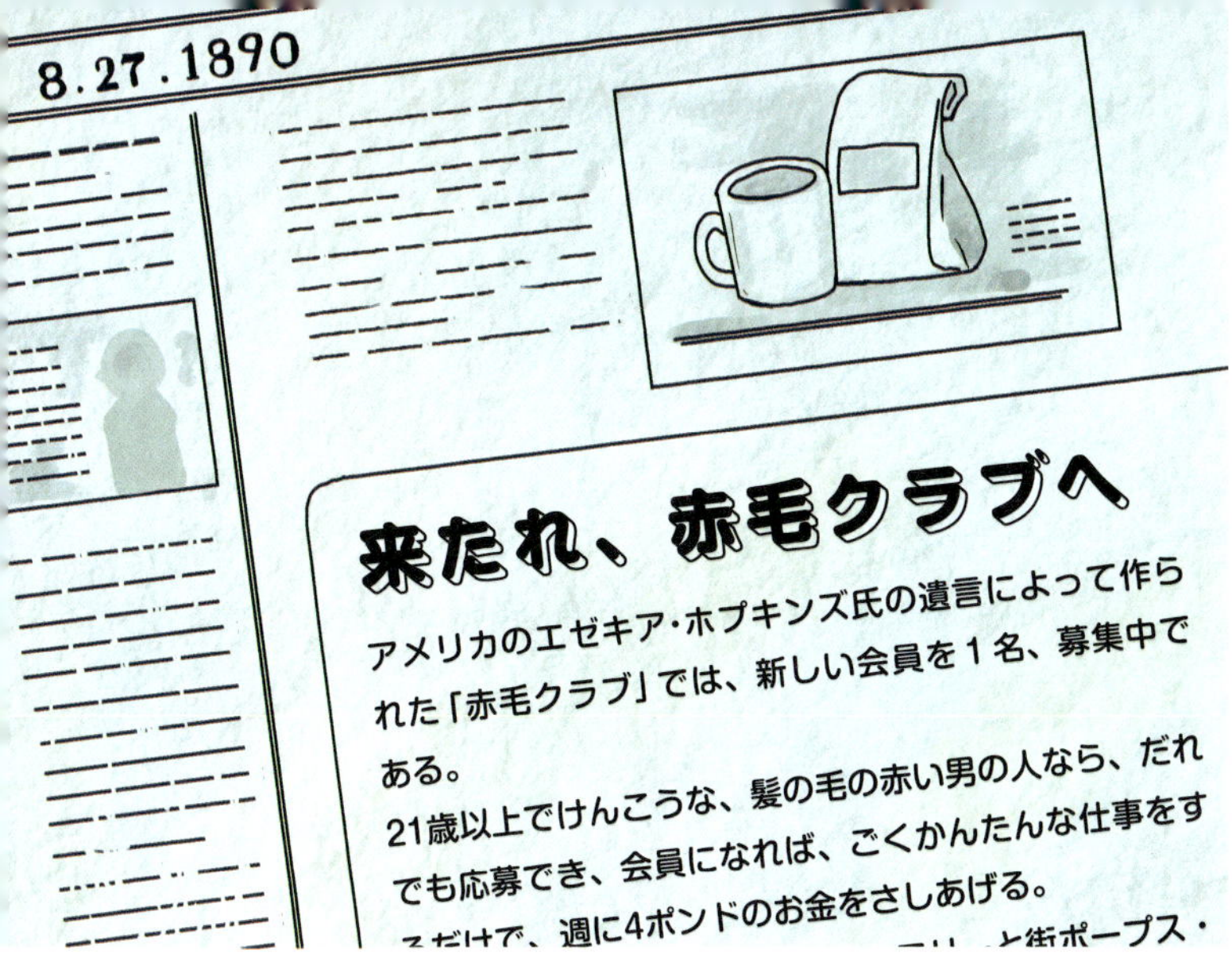
8.27.1890
来たれ、赤毛クラブへ
アメリカのエゼキア・ホプキンズ氏の遺言によって作られた「赤毛クラブ」では、新しい会員を１名、募集中である。
21歳以上でけんこうな、髪の毛の赤い男の人なら、だれでも応募でき、会員になれば、ごくかんたんな仕事をす
週に4ポンドのお金をさしあげる。
街ポープス・

は、だれにでもできることではありません。

「それで、ウィルスンさん。お話《はなし》のつづきを聞《き》かせていただきたいんですが、どういうことがきっかけで、事件《じけん》にまきこまれたんですか。」

ホームズがきくと、ウィルスン氏《し》は一まいの新聞《しんぶん》を取《と》りだしました。

「ここの広告《こうこく》を見《み》てください。こんなものに気《き》づかされることがなければ、きみょうなことには、ならなかったと思《おも》います。」

いいながら、さしだした紙面《しめん》には、こんな広《こう》告《こく》がのっていました。

来《き》たれ、赤毛《あかげ》クラブへ

アメリカのエゼキア・ホプキンズ氏《し》の遺言《ゆいごん》によってつくられた「赤《あか》毛《げ》クラブ」では、新《あたら》しい会員《かいいん》を一名《めい》、募集中《ぼしゅうちゅう》である。

二十一歳以上《さいいじょう》でけんこうな、髪《かみ》の毛《け》の赤《あか》い男《おとこ》の人《ひと》なら、だれでも応《おう》募《ぼ》でき、会員《かいいん》になれば、ごくかんたんな仕事《しごと》をするだけで、週《しゅう》に四《よん》ポ*ンドのお金《かね》をさしあげる。

希望者《きぼうしゃ》は、月曜日《げつようび》の午前《ごぜん》十一時《じ》に、フリート街《がい》ポープス・コート七番地《ばんち》の赤毛《あかげ》クラブに本人《ほんにん》が行《い》き、ダンカン・ロスに申《もう》しこまれよ。

「いったいなんですか、これは!?」

ぼくは、その広告《こうこく》を読《よ》んだとたん、思《おも》わず声《こえ》を上《あ》げてしまいました。

その内容《ないよう》が、あまりにへんてこなものだったからです。

赤毛《あかげ》クラブというからには、髪《かみ》の毛《け》の赤《あか》い人《ひと》の集《あつ》まりでしょうが、なぜそんなクラブを作《つく》らなければならないのか、わけがわかりません。しかも赤毛《あかげ》の男性《だんせい》というだけで入会《にゅうかい》できて、お金《かね》までくれるとは……週《しゅう》四ポンドというと、ふつうの会社《かいしゃ》につとめるより、ずっと多《おお》い給料《きゅうりょう》です。

ホームズを見《み》ると、小《ちい》さくわらい声《ごえ》をもらしていて、ずいぶん興味《きょうみ》をひかれたようすです。そういうときのくせで、いすにすわったまま体《からだ》をゆらしながら、いいました。

「たしかに、ふうがわりだな。……ワトスン、その新聞《しんぶん》はいつのだね？」

「一八九〇年《ねん》八月《がつ》二十七日《にち》だね。今《いま》から二か月《げつ》くらい前《まえ》だ。」

＊ポンド…イギリスのお金《かね》の単位《たんい》。このころの一ポンドは、今《いま》のお金《かね》で二万《まん》四千円《えん》くらいで、四ポンドだと約《やく》十万円《まんえん》。

ぼくは新聞《しんぶん》の日《ひ》づけを見《み》ながら答《こた》えました。ホームズはうなずくと、

「それじゃウィルスンさん、あらためてお話《はな》しねがえませんか。あなたご自身《じしん》のこと、どんなお仕事《しごと》をされていて、ご家族《かぞく》はおられるのかどうか、そして、この新聞広告《しんぶんこうこく》のせいで、どんなことが起《お》きたかを。」

「わかりました。」

ウィルスン氏《し》は、ひたいのあせをふきながら、話《はな》しはじめました。

「わしは、ロンドン市内《しない》のサックス・コバーグ・スクエアで、*質屋《しちや》をしております。前《まえ》は、はんじょうしていたのですが、近《ちか》ごろはあまり、うまくいかなくなりまして、わし一人《ひとり》が食《た》べていくのでやっとです。」

「あなた一人《ひとり》というと、ご家族《かぞく》は、おられないのですね。それでは質屋《しちや》さんも、一人《ひとり》でやっておられるのですか。」

ホームズがきくと、ウィルスン氏《し》は首《くび》をふって、
「いえ、店員《てんいん》が一人《ひとり》おります。そんなよゆうはないのですが、かれは、商売《しょうばい》の勉強《べんきょう》をしたいので半分《はんぶん》の給料《きゅうりょう》でいいから、やとってほしいというものですから。」
「それは、ずいぶん感心《かんしん》な店《てん》員《いん》さんですね。名《な》はなんというのですか。」

＊質屋《しちや》…客《きゃく》が品物《しなもの》をあずけ、その代《か》わりにお金《かね》をかりるお店《みせ》。

「ビンセント・スポールディングといいます。とにかく、あんなに気《き》がきいて、よくはたらく男《おとこ》は見《み》たことがありませんな。何《なに》も、うちで、はたらかなくても、よそに行《い》けば二倍《ばい》の給料《きゅうりょう》をもらえることでしょう。まあ、本人《ほんにん》がいいというのですから、こちらはかまわないのですがね。」

「そんな人《ひと》をやとえたなんて、運《うん》がよかったですね。事件《じけん》のほうもおもしろそうだが、その店員《てんいん》も、なかなか興味深《きょうみぶか》いじゃありませんか。」

ホームズがいうと、ウィルスン氏《し》は「まったくです」と、うなずきました。

「でも、いいことばかりではないんですよ。あの男《おとこ》ときたら、たいへんな写真《しゃしん》ずきで、カメラを持《も》ちだして、いろんなものをとりまくっては、店《みせ》の地下室《ちかしつ》にもぐりこんで現像《げんぞう》[*1]にかかるのです。そんなひまがあるな

ら、商売《しょうばい》の勉強《べんきょう》をすればいいのにね。地下室《ちかしつ》にこもるとしばらく出《で》てこないので、こまってしまうのですが、そうでないときには、一生《いっしょう》けん命《めい》はたらいてくれますし、欠点《けってん》といったら、これぐらいでしょうか。」

カメラは、十九*2世紀《せいき》になって発明《はつめい》されました。熱心《ねっしん》な人《ひと》は、さつえいだけでなく現像《げんぞう》まで自分《じぶん》でします。これは、真《ま》っ暗《くら》な部屋《へや》の中《なか》でないとできません。それには地下室《ちかしつ》が、つごうがよかったのでしょう。

つとめ先《さき》でそこまでするなんて、スポールディングという店員《てんいん》は、よほどの写真《しゃしん》マニアなのだな——ぼくが、そんなことを考《かんが》えているうち、いよいよ「赤毛《あかげ》クラブ」についての話《はなし》が始《はじ》まりました。

*現像《げんぞう》…フィルムに薬《くすり》をつける、かわかすなどの作業《さぎょう》をして、画像《がぞう》があらわれるようにすること。
*世紀《せいき》…西暦《せいれき》を百年《ねん》ごとに区切《くぎ》った考《かんが》え方《かた》のこと。十九世紀《せいき》は、一八〇一年《ねん》から一九〇〇年《ねん》まで。

2 きみょうな仕事《しごと》

「ええっと……どこまで話《はな》しましたっけね、ホームズさん、ワトスンさん。ああ、そうだ、店員《てんいん》のスポールディングのことだ。今《いま》、お見《み》せした新聞広告《しんぶんこうこく》のことを教《おし》えてくれたのは、かれなんですよ。そう、今《いま》でもあのときのことは、よくおぼえています……。」

ウィルスン氏《し》は、話《はな》しはじめました。

「だんなさん、だんなさん。今日《きょう》ほど、ぼくも髪《かみ》の毛《け》が赤《あか》かったらなあと思《おも》ったことは、ありませんよ。」

「なんでまた、そんなことを考《かんが》えたんだい？」

わしがきくと、スポールディングは、この新《しん》聞広告《ぶんこうこく》を見《み》せながら、こういいました。

「なんでって、その広告《こうこく》には、赤毛《あかげ》クラブで新入会員《にゅうかいいん》を一人《ひとり》、募集《ぼしゅう》してるって書《か》いてあるじゃありませんか。会員《かいいん》になればお金《かね》がたっぷりもらえるのに、会員《かいいん》のなり手《て》がいなくて、こまっているというんですよ。うまくいかないものですね。あーあ、どうしてぼくは赤毛《あかげ》に生《う》まれなかったんだろう。」

「なんだって？　それはいったいどういうことなんだ。」

わけのわからない話《はなし》に、わしはつい引《ひ》きこまれてしまいました。

「だんなさんは、赤毛《あかげ》クラブのことを聞《き》いたことがありませんか。」

わしが「ない」と答《こた》えると、かれはこんな話《はなし》を始《はじ》めたのです。

「ぼくも、うわさで聞《き》いただけですけど、赤毛《あかげ》クラブというのは、ここにも書《か》いてあるホプキンズというアメリカの大金持《おおがねも》ちが、つくったんだそうです。この人《ひと》はたいへん見事《みごと》な赤毛《あかげ》で、そのせいで人《ひと》に何《なに》かいわれたのでしょう、自分《じぶん》の死後《しご》、財産《ざいさん》を赤毛《あかげ》の人《ひと》のために役立《やくだ》てろといいのこしたのです。そこで、つくられたのが赤毛《あかげ》クラブで、ここの会員《かいいん》になれば、そこにもあるとおり、週《しゅう》に四ポンド、一年《ねん》に二百ポンドのお金《かね》を受《う》けとることができるというから、おどろきました。」

「二、二百ポンド?」

わしは、思《おも》わず大声《おおごえ》を上《あ》げていました。

それだけのお金《かね》があれば、今《いま》はあまりもうからなくなった質屋《しちや》も、ずいぶん楽《らく》になるのだがなあ――などと考《かんが》えた、ちょうどそのときです。

「そうだ。だんなさんが、これに応募《おうぼ》してみたらどうです？」

スポールディングが、いいことを思《おも》いついたという顔《かお》でいいました。

「わ、わしが？」

いきなりそんなことをいわれて、わしがびっくりしていると、

「そうですよ。だんなさんは、そんなにりっぱな赤毛《あかげ》をしていらっしゃるんだから、きっと合格《ごうかく》しますよ。」

スポールディングは、なおもすすめます。わしは乗《の》り気《き》でなかったのですが、かれがあまりいうものですから、二人《ふたり》で行《い》ってみることにしました。

広告《こうこく》にあったフリート街《がい》まで来《き》たところで、びっくりしました。いつの間《ま》にか、まわりは赤毛《あかげ》の男《おとこ》たちだらけ。まるでロンドンじゅうから、髪《かみ》の毛《け》の赤《あか》い者《もの》ばかりが集《あつ》まったみたいでした。

まるで赤毛《あかげ》の人波《ひとなみ》です。みんなあの新聞広告《しんぶんこうこく》を見《み》たらしく、こんなに希望者《きぼうしゃ》がいては、わしなんて無理《むり》だとあきらめかけましたが、

「だいじょうぶ、あなたほど赤《あか》い髪《かみ》の人《ひと》は、ほかに見当《みあ》たりませんよ。」

とスポールディングが、はげましてくれました。

そういわれてみると、赤毛《あかげ》といっても、オレンジ色《いろ》だったりレンガ色《いろ》だったり、ずいぶん色《いろ》がうすくて赤《あか》っぽいだけだったり、赤《あか》というより茶色《ちゃいろ》に近《ちか》かったりして、わしほどの赤毛《あかげ》は、ほかにいないようでした。

これならひょっとして、と考《かんが》えながら、人波《ひとなみ》をかきわけかきわけ、ようやくポープス・コート七番地《ばんち》の建物《たてもの》までたどりつきました。

そこの階段《かいだん》には列《れつ》が二《ふた》つできていました。かたほうは上《のぼ》りで、みんなぜひ自分《じぶん》がえらばれたいと、むねをわくわくさせ、もうかたほうは、たぶん失格《しっかく》といわれたのでしょう、がっかりして階段《かいだん》を下《お》りてゆくのでした。上《のぼ》っていくほうの列《れつ》についていてしばらく進《すす》み、わしたちはやっと事務所《じむしょ》に入《はい》ることができました。ドアには「四号室《ごうしつ》」と書《か》いてありました。

中《なか》では、わしよりさらに赤《あか》い髪《かみ》をした男《おとこ》が、つくえに向《む》かってすわっており、次《つぎ》から次《つぎ》へと、応募者《おうぼしゃ》たちの相手《あいて》をしていました。

でも、どれも気《き》に入《い》らないらしく、なんだかんだと文句《もんく》をつけて「失《しっ》格《かく》です」と追《お》いかえしてしまいます。これは、わしもだめかなと自信《じしん》をなくしていると、ようやく順番《じゅんばん》がきました。

その男《おとこ》は、わしの顔《かお》を見《み》るなり上《じょう》きげんになったかと思《おも》うと、ほかの応募者《おうぼしゃ》のときとは、まるでちがうたいどで、むかえてくれました。

「きみたちは、もういい。帰《かえ》りたまえ。」

そういって、ほかの応募者《おうぼしゃ》を追《お》いだしたあと、事務所《じむしょ》のドアをしめてしまい、これであとからは、だれも入《はい》ってこられなくなりました。

「こちらは、ジェベズ・ウィルスンさんです。赤毛《あかげ》クラブへの入会《にゅうかい》を、のぞんでおられます。」

中《なか》までついてきてくれたスポールディングが、しょうかいしてくれました。すると男《おとこ》は、わしの頭《あたま》をまじまじと見《み》つめてから、

「この人《ひと》ならぴったりだ。こんな見事《みごと》な赤毛《あかげ》は見《み》たことがない。」

にこにこしながら、そんなことをいいだしたではありませんか。あっけにとられるわしに、その男《おとこ》はおじぎをしました。

「はじめまして、わたしが広告《こうこく》に名《な》をのせましたダンカン・ロスです。

——おめでとうございます、ウィルスンさん。あなたは合格《ごうかく》です。」

わしはよろこぶより先《さき》に、びっくりしました。あまりあっけなく決《き》まって、ぼうぜんとしているわしに、ロスという男《おとこ》は歩《あゆ》みよると、

「でも、*念《ねん》には念《ねん》を入《い》れろと、いいますからな。ちょっと失礼《しつれい》。」

いきなりわしの毛《け》を両手《りょうて》でつかんだものだから、たまりません。


*念《ねん》には念《ねん》を入《い》れる…まちがいがないよう、注意《ちゅうい》してよく確認《かくにん》すること。

「あいたたたたっ！　何《なに》をするんですか。」

わしがさけぶと、ロスは満足《まんぞく》したようすで、いいました。

「ほう、本物《ほんもの》の髪《かみ》の毛《け》のようですな。これまで二度《ど》も、かつらでだまされたことがありますし、髪《かみ》の色《いろ》をそめて、ごまかそうとしたやつもいる。でも、あなたはそんな連中《れんちゅう》とはちがう。よかった、よかった。」

それから、まどぎわまで歩《ある》いていくと、外《そと》に向《む》かって
「赤毛《あかげ》クラブの新会員《しんかいいん》は決定《けってい》しました。お引《ひ》きとりください！」

と、さけびました。それを聞《き》いて、がっかりしたようなさけび声《ごえ》が起《お》こりましたが、決《き》まったものは、仕方《しかた》がありません。

あれだけたくさんいた希望者《きぼうしゃ》は、あきらめて帰《かえ》ってしまい、事務所《じむしょ》のまわりをうめていた赤毛《あかげ》の人波《ひとなみ》も、どこかに消《き》えてしまいました。

あとにのこったのは、事務所《じむしょ》の中《なか》にわしとスポールディング、それに

ダンカン・ロスの三人《にん》だけ。

「おめでとうございます、ウィルスンさん。あなたをかんげいします。……で、いつから、わがクラブに来《き》て、仕事《しごと》をしてもらえますかな。」

ロスにそんないい方《かた》をされると、ことわりにくくてこまりましたが、それでも、うそをつくわけにはいきません。

「それがですね、何《なに》しろ、商売《しょうばい》があるものですから、店《みせ》をはなれるのは、ちょっとむずかしいと思《おも》うんですよ。」

と答《こた》えました。すると、スポールディングが、そばから口《くち》を出《だ》しました。

「だいじょうぶですよ、だんなさん。お店《みせ》のほうなら、ぼくがちゃんとやりますから、心配《しんぱい》はいりません！」

わしは、かれに「そうかい？」とたずねてから、ロスにききました。

「勤務時間《きんむじかん》は、いつからいつまでですか。」

「朝《あさ》の十時《じ》から、午後《ごご》二時《じ》までです。」

ダンカン・ロスの答《こた》えに、わしは、それならばできるかもしれない、と考《かんが》えました。というのは、質屋《しちや》がこむのは夕方《ゆうがた》から、それも給料日前《きゅうりょうびまえ》の木曜《もくよう》と金曜《きんよう》が多《おお》いので、昼間《ひるま》はかなりひまです。

「それなら引《ひ》きうけましょう。でも、どんな仕事《しごと》をすればいいんです？」

「いやなに、ごくかんたんな仕事《しごと》ですよ。」

わしの質問《しつもん》に、ロスはあっさり答《こた》えました。わしはなおも、

「かんたんといわれても、くわしく教《おし》えてもらわんと、こまります。」

ときいたのですが、その答《こた》えは意外《いがい》なものでした。

「*大英百科事典《だいえいひゃっかじてん》を書《か》きうつすことです。そこのたなに第《だい》一巻《かん》が入《はい》ってい

ますし、つくえといすも、こちらで用意《ようい》します。ただ紙《かみ》とペン、インク、それにすいとり紙《がみ》やなんかは、自分《じぶん》で用意《ようい》してください。……ただし。」

これは、ずいぶん楽《らく》な仕事《しごと》だ、これならできると安心《あんしん》したとたん、ロスはきびしい目《め》になると、いいました。

「ただし、決《き》められた時間内《じかんない》には、かならずこの部《へ》屋《や》にいていただかなくては、こまります。ちこくも、欠席《けっせき》も、ぜったい禁止《きんし》です。」

「でも、病気《びょうき》や、けがで休《やす》まなくちゃいけない場合《ばあい》も、あるでしょう？」

＊大英百科事典《だいえいひゃっかじてん》…ブリタニカ国際大百科事典《こくさいだいひゃっかじてん》ともいう。一七六八年《ねん》に作《つく》られた、あらゆる科目《かもく》の知識《ちしき》を集《あつ》め、解説《かいせつ》してある事典《じてん》。

「それも、だめです。きそくをやぶったとたん、あなたは赤毛《あかげ》クラブの会員《かいいん》ではなくなります。もちろん、お金《かね》もさしあげるわけにはいきません。いかがですか、明日《あす》からでも来《き》ていただけますか。」

「わ、わかりました。」

わしは、思《おも》わずそう答《こた》えていました。

そのあと、わしはスポールディングとポープス・コートをあとにしましたが、うれしいような信《しん》じられないような、ふしぎな気持《きも》ちでした。

次《つぎ》の日《ひ》は、羽根《はね》ペンとインクと、*フールスキャップ紙《し》を買《か》って出《で》かけていきました。

すると、何《なに》も心配《しんぱい》することはなく、事務所《じむしょ》でダンカン・ロスは待《ま》っていましたし、わし用《よう》のつくえといすも、ちゃんと用意《ようい》してありました。

「では、まずA《エー》のこうもくから、おねがいします。」

ロスはそういって百科事典《ひゃっかじてん》を出《だ》すと、どこかに出《で》ていきました。

そこで、わしはこつこつと作業《さぎょう》に取《と》りかかったのですが、ロスは時々《ときどき》帰《かえ》ってきては、わしがちゃんと仕事《しごと》をしているか、たしかめました。

「はい、今日《きょう》はここまで。おつかれさまでした。」

やがて午後《ごご》二時《じ》になると、ロスはそういい、わしから書《か》けた分《ぶん》の紙《かみ》を受《う》けとり、いっしょに事務所《じむしょ》を出《で》て、ドアにかぎをかけました。

次《つぎ》の日《ひ》も、次《つぎ》の日《ひ》も同《おな》じことでした。そして土曜日《どようび》がくると、やくそくの四ポンドを金貨《きんか》でくれました。

次《つぎ》の週《しゅう》も、その次《つぎ》の週《しゅう》も、やっぱり同《おな》じことでした。毎朝《まいあさ》十時《じ》に事務《じむ》所《しょ》に出《で》て、大英百科事典《だいえいひゃっかじてん》を書《か》きうつし、午後《ごご》二時《じ》に店《みせ》へ帰《かえ》る。それだけ

＊フールスキャップ紙《し》…紙《かみ》の種類《しゅるい》。イギリスの道化師《どうけし》（英語《えいご》でフール）のぼうし（キャップ）を、もようとして入《い》れた紙《かみ》を作《つく》ったことから名《な》づけられた。

で週《しゅう》に四ポンドもらえるのですから、こんないいことはありません。ロスが見《み》はりに来《く》る回数《かいすう》は少《すく》なくなりましたが、せっかくの仕事《しごと》をなくしても、つまりませんから、決《けっ》して事務所《じむしょ》を出《で》たりはしませんでした。そうこうするうち、何週間《なんしゅうかん》もたって、書《か》きうつした紙《かみ》は山《やま》のよう。「A《エー》」のページは大半《たいはん》すみ、もうすぐ「B《ビー》」というところまできました。

でも、こうしているだけで週《しゅう》に四ポンドもらえるなら、一年《ねん》で二百ポンドというのもゆめではないな――などと、頭《あたま》の中《なか》で計算《けいさん》していました。

「それが、けさ、とんでもないことになってしまったんです。ほら、これを見《み》てください。今日《きょう》、赤毛《あかげ》クラブの事務所《じむしょ》に行《い》ってみたら、ドアにかぎがかかっていて、しかもこんなものが、ぶらさがっていたんですよ！」

3 きみょうな結末《けつまつ》

赤毛クラブは
解散する。
1890年10月9日

「赤毛《あかげ》クラブは解散《かいさん》する。一八九〇年《ねん》十月九日《がつここのか》。」

ウィルスン氏《し》が、ぼくとホームズの前《まえ》につきだした白《しろ》いボール紙《がみ》には、たったそれだけ書《か》いてありました。

ぼくはあっけにとられていましたが、その紙《かみ》を持《も》って、なさけなさそうな顔《かお》をしているウィルスン氏《し》を見《み》るうちに、おかしくなってきました。

ホームズも同《おな》じ気持《きも》ちだったとみえて、二人《ふたり》そろってふきだしたかと思《おも》うと、もう、大《おお》わらいするのを止《と》めることはできませんでした。

「失礼《しつれい》な。わしはここへ、わらわれに来《き》たんじゃない。名探偵《めいたんてい》だとかいって、そんなことしかできないのなら、よそへ行《い》かせてもらいます。」

「お待《ま》ちなさい。わらったりして失礼《しつれい》しました。こんな興味深《きょうみぶか》い事件《じけん》を、よそに持《も》っていかれてたまるものですか。あなたは、この紙《かみ》を見《み》たあと、どうしました？」

「どうするもこうするも、ありませんよ。同《おな》じ建物《たてもの》にいる人《ひと》に四号室《ごうしつ》のことをききましたが、だれも知《し》らない。ダンカン・ロスなんて聞《き》いたことがないというじゃありませんか。一階《かい》の家主《*やぬし》にききに行《い》ったところ、あの事務所《じむしょ》をかりていたのは、ウィリアム・モリスという弁護士《べんごし》で、なんときのう、引《ひ》っこしたという。その住所《じゅうしょ》もきいたのですが、そこに住《す》んでいたのは、まるきりの別人《べつじん》だったのですよ！」

「何《なに》もかも、でたらめだったというわけですな。そこで、ぼくのところに相談《そうだん》に来《こ》られた、と。」

ホームズがいうと、ウィルスン氏《し》は大《おお》きくうなずきました。

「そういうことです。弁護士《べんごし》の住所《じゅうしょ》をたずねたあと、がっくりして自分《じぶん》の店《みせ》にもどり、スポールディングにわけを話《はな》したのですが、これがまるで、たよりにならない。そのうちクラブから、れんらくでも来《く》るんじゃないですか、とかいうんですが、そんなのんびりはしていられない。そこでホームズさん、あなたのひょうばんを思《おも》いだしたわけです。」

「なるほどね。しかし、あなたは損《そん》はしていないんじゃありませんか。

＊家主《やぬし》…その家《いえ》の持《も》ち主《ぬし》。家《いえ》をかしている人《ひと》。

お金《かね》もずいぶんもらえたろうし、おまけに百科事典《ひゃっかじてん》を書《か》きうつして、A《エー》のつくことがらについて物知《ものし》りになれたでしょうし。」

「まあ、それはそうですが……でも、それだけのお金《かね》を使《つか》って、しかもあんなに多《おお》くの人間《にんげん》をまきこんで、いったい何《なに》がしたかったのか。それがわからないことには、落《お》ちつかないんですよ。」

「ごもっともです、ウィルスンさん。」

ホームズはうなずくと、いよいよ質問《しつもん》を開始《かいし》しました。

「さいしょに赤毛《あかげ》クラブのことを教《おし》えた店員《てんいん》――ビンセント・スポールディングでしたか、その男《おとこ》はいつからお店《みせ》につとめているのですか？」

「あの新聞広告《しんぶんこうこく》が出《で》た、さらに一か月前《げつまえ》からです。わしが出《だ》した店員募《てんいんぼ》集《しゅう》を見《み》て、やってきたんです。」

「応募《おうぼ》してきたのは、スポールディングだけでしたか。」

「いいえ、十人《にん》はいました。その中《なか》でもかれは、仕事《しごと》ができそうで、それにほら、半分《はんぶん》の給料《きゅうりょう》でいいというものですからね。」

「ふむ……で、そのスポールディングというのは、いったいどんな男《おとこ》なんですか。何《なに》か、とくちょうのようなものは、ありますか。」

「そうですな……小《こ》がらですが、がっちりしていて、何《なに》をするにも、素《す》早《ばや》いのです。ひげはぜんぜん生《は》えていませんが、三十歳《さい》はすぎているでしょう。ひたいには、白《しろ》いあざのようなものがあります。」

ウィルスン氏《し》の説明《せつめい》を聞《き》くと、ホームズは、はっと何《なに》かに気《き》づいたようすで、いすにすわりなおしました。

「なるほどね……。では、うかがいますが、かれは左右《さゆう》の耳《みみ》に、ピアスをつけるための、あなを開《あ》けているのではありませんか。」

「よくおわかりですね。なんでも、子《こ》どものときに、旅《たび》の芸人《げいにん》に開《あ》けてもらったのだそうです。」

「ほう……やっぱり、そうですか。」

ホームズは、いすの背《せ》にもたれかかると、じっと考《かんが》えこみはじめました。それから、ふと、するどい目《め》つきになると、

「で、その男《おとこ》は、あなたのところに今《いま》もいるのですか。」

「もちろんですとも。かれに店《みせ》をまかせてきたから、こうやって、あな

たのところに来《こ》られたんですからね。」

ウィルスン氏《し》は、店員《てんいん》を信《しん》らいしているようすで答《こた》えるのでした。

「わかりました。一日《にち》か二日《ふつか》のうちには、何《なに》か答《こた》えを出《だ》せると思《おも》います。今日《きょう》は土曜日《どようび》ですから、月曜日《げつようび》には、事件《じけん》は解決《かいけつ》することでしょう。」

いつものとおり、自信《じしん》にあふれたホームズの言葉《ことば》でした。

4 きみょうな捜査《そうさ》

ウィルスン氏《し》が帰《かえ》ったあと、ホームズはぼくに話《はな》しかけました。

「ワトスンくん、この事件《じけん》を、きみはどう考《かんが》えるね？」

「なんだか、さっぱりわからない。きみょうきてれつ*1という感《かん》じだね。」

「見《み》かけがきみょうな事件《じけん》ほど、真相《しんそう》はかんたんなものさ。ありふれた、とくちょうのない犯罪《はんざい》こそ、むずかしい。とにかく、この赤毛《あかげ》クラブ事件《じけん》には、すぐ取《と》りかかるとしよう。」

そういってホームズがまずしたのは、パイプを三服《ぷく》すうことでした。いすにすわったまま、体《からだ》をおりまげ、足《あし》をかかえこむようにして、じっと考《かんが》えこむこと、五十分間《ぷんかん》。その間《あいだ》、どうか話《はな》しかけないでくれということだったので、ぼくもだまってつきあっていました。

まるで、いねむりしているようなホームズを見《み》ているうちに、ぼくまでねむくなってきたときでした。ホームズが、いきなり立《た》ちあがりました。

「今日《きょう》の午後《ごご》、セント・ジェームズ・ホールでサラサーテ[*2]の演奏会《えんそうかい》があるんだが、ききに行《い》かないかい。」

*1きてれつ…ひじょうにふしぎで、かわっているようす。
*2サラサーテ…一八〇〇年代《ねんだい》に活《かつ》やくした、スペインのバイオリン奏者《そうしゃ》。

サラサーテといえば、有名《ゆうめい》なバイオリニストです。赤毛《あかげ》クラブとなんの関係《かんけい》があるのかわかりませんが、幸《さいわ》い予定《よてい》もありませんでしたし、ホームズのいうことですから、いっしょに行《い》くことにしました。

「その前《まえ》に、よりたい場所《ばしょ》があるんだ。お昼《ひる》はそこですませよう。」

そういって、ホームズがつれていったのは、オールダーズゲート駅《えき》で地下鉄《ちかてつ》をおりて、少《すこ》し歩《ある》いたサックス・コバーグ・スクエアでした。

（おや、ここは……？）と考《かんが》えながら、せせこましい家《いえ》がならぶ通《とお》りを進《すす》むと、角《かど》に質屋《しちや》であることをしめす三つの金色《きんいろ》の球《たま》と、「ジェベズ・ウィルスン」と書《か》いたかん板《ばん》をかかげた建物《たてもの》が見《み》つかりました。

ここが、赤毛《あかげ》クラブでふしぎな体験《たいけん》をした、ウィルスン氏《し》の店《みせ》にちがいありません。ホームズは、そこと、まわりの町《まち》なみを見《み》わたしたり、歩《ある》きまわったりしていましたが、やがて店《みせ》の前《まえ》にもどってきました。

それから、かれはちょっとへんなことをしました。持《も》っていたステッキで、質屋《しちや》の前《まえ》のしき石《いし》をトントンと、二、三度《ど》、強《つよ》くつついたのです。

それから入《い》り口《ぐち》をノックすると、ドアがすぐさま開《ひら》いて、いかにもすばしっこそうな男《おとこ》が「いらっしゃいませ」といいました。

「いや、申《もう》しわけないが、ちょっと道《みち》をたずねたくてね。ここからストランド通《どお》りへは、どう行《い》けばいいのかな。」

ホームズがきくと、その男《おとこ》はいかにも頭《あたま》の回転《かいてん》の速《はや》そうなようすで、

「それなら、三番目《ばんめ》の角《かど》を右《みぎ》に曲《ま》がり、四《よっ》つ目《め》を左《ひだり》に入《はい》ってください。」

そう説明《せつめい》すると、さっさとドアをしめてしまいました。

「かしこそうな男《おとこ》じゃないか。かしこさではロンドンで四番目《ばんめ》、大《だい》たん

さでは三番目《ばんめ》というところかな。あの男《おとこ》のことなら知《し》っているよ。」

「あれがビンセント・スポールディングだね。どうやら、ただの店員《てんいん》ではなさそうだし、今度《こんど》の事件《じけん》に関係《かんけい》がありそうだが……きみが、わざわざ道《みち》をきいたりしたのは、かれの顔《かお》を見《み》たかったからだね？」

「いや、見《み》たかったのは、べつのものだよ。」

「なんだい、それは。」

「あの男《おとこ》のズボンのひざだよ。そして、ぼくの予想《よそう》は当《あ》たっていた。」

「ズボンのひざ……またわけのわからないことをいいだしたね。わからないといえば、なんできみはさっき、しき石《いし》をたたいたりしたんだい。」

ぼくがきくと、ホームズは、それどころではないと手《て》をふりました。

「その説明《せつめい》はあと。今《いま》は、*偵察《ていさつ》だよ。さて、サックス・コバーグ・スク

*偵察《ていさつ》…ひそかに敵《てき》の動《うご》きをさぐること。

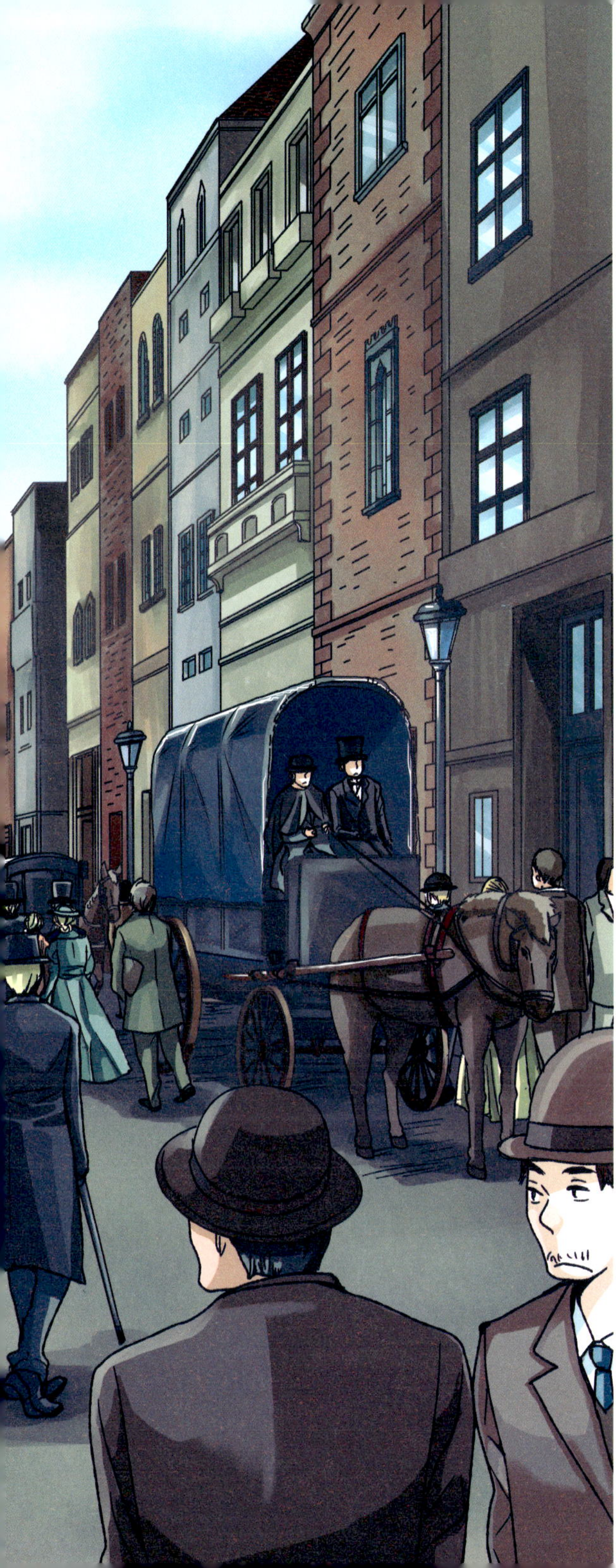

エアのようすはわかったとして、向《む》こうはどうなっているんだろう。」

ぐるっと回《まわ》って反対側《はんたいがわ》に出《で》てみて、おどろきました。ウィルスン氏《し》の質屋《しちや》があるのがうら通《どお》りなら、こちらは表通《おもてどお》りで、道路《どうろ》は行《い》きかう人《ひと》や馬車《ばしゃ》でいっぱい。道《みち》ぞいにならぶ建物《たてもの》も、りっぱなものばかりでした。

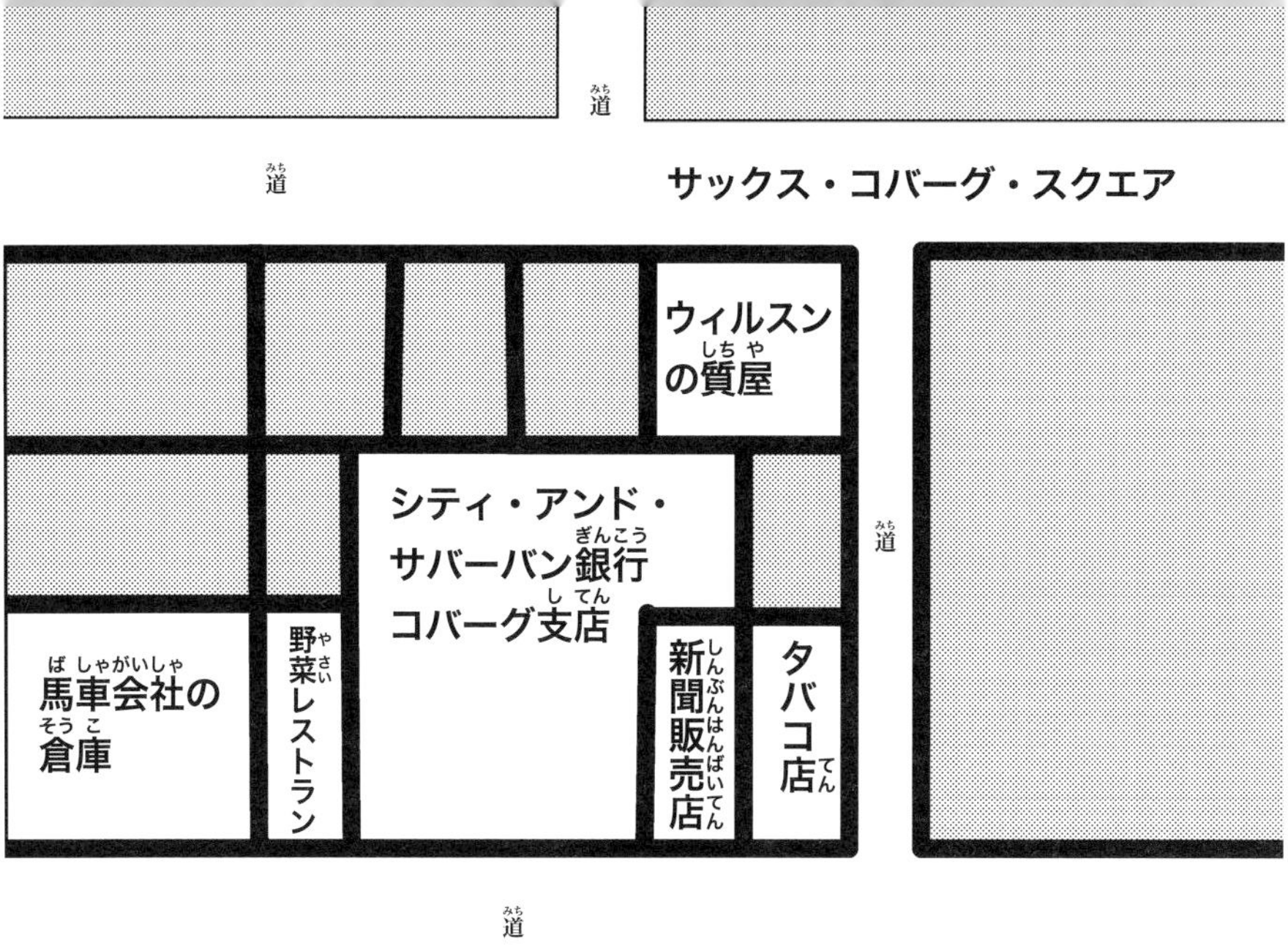

「あれがタバコ店《てん》、新聞販売店《しんぶんはんばいてん》、あそこがシティ・アンド・サバーバン銀行《ぎんこう》コバーグ支店《してん》で、野菜専門《やさいせんもん》レストラン、馬車会《ばしゃがい》社《しゃ》の倉庫《そうこ》か……。」

とくに銀行《ぎんこう》の建物《たてもの》を見《み》ていたかと思《おも》うと、ホームズは、急《きゅう》にぼくをふりかえって、

「さあ、ワトスンくん。このへんでお昼《ひる》ごはんにしよう。仕事《しごと》は一区切《ひとくぎ》りにして、演奏会《えんそうかい》に行《い》こうじゃないか。音《おん》楽《がく》の世界《せかい》にひたって、しばし赤毛《あかげ》の男《おとこ》たちのことは頭《あたま》から追《お》いだしてしまおうよ。」

セント・ジェームズ・ホールでの、サラサーテのバイオリン演奏《えんそう》は、じつにすばらしいものでした。まさに天才《てんさい》とは、かれのことでしょう。客席《きゃくせき》にいるもう一人《ひとり》の天才《てんさい》、シャーロック・ホームズは音楽《おんがく》ずきで、自分《じぶん》でもバイオリンをひくし、作曲《さっきょく》をすることもあります。

午後《ごご》いっぱい、ホームズはほほえみをうかべ、うっとりと名曲《めいきょく》にききほれました。そのようすからは、いつもの名探偵《めいたんてい》シャーロック・ホームズの、警察犬《けいさつけん》のようにするどくて、素早《すばや》いすがたは想像《そうぞう》できません。

でも、じつはこのとき、ホームズは事件解決《じけんかいけつ》に向《む》けてのエネルギーを、ちゃくちゃくとたくわえていたのです。そして、いったんかれの推理力《すいりりょく》が動《うご》きだしたら、どんな犯人《はんにん》も、のがれることはできないのでした。

「さて……と、ワトスンくん、きみは、このあとどうするね。」

ホールを出《で》たあと、ホームズはぼくにいいました。

「どうするって……きみはいったいどうするんだい。」

「赤毛《あかげ》クラブ事件《じけん》が、今夜《こんや》いよいよ大《おお》づめをむかえそうなんでね。そのじゅんびがいろいろあるんだよ。きみにもてつだってほしいんだが。」

「それは、もちろん。……で、何時《なんじ》にどこへ行《い》けばいいんだい。」

「ベーカー街《がい》の家《いえ》で十時《じ》に。かかわりのある人《ひと》たちを集《あつ》めて出発《しゅっぱつ》するから、そこで。念《ねん》のために、ピストルを用意《ようい》するようにね。じゃ、よろしく！」

そういうなり、ホームズはくるっと背《せ》を向《む》け、ごったがえす人波《ひとなみ》の中《なか》に、のみこまれていったのでした……。

5 きみょうな待《ま》ちぶせ

その夜《よる》の十時《じ》、ベーカー街《がい》二二一B《ビー》の前《まえ》には二台《だい》の二輪馬車《りんばしゃ》が止《と》まり、建物《たてもの》の中《なか》には、ぼくとホームズのほかに、男《おとこ》の客《きゃく》が二人《ふたり》来《き》ていました。

一人《ひとり》は、ぼくも以前《いぜん》から知《し》り合《あ》いの、ロンドン警視庁《けいしちょう》のピーター・ジョーンズ警部《けいぶ》。もう一人《ひとり》は、はじめて見《み》る人《ひと》で、やせて背《せ》が高《たか》く、暗《くら》い顔《かお》つきをした紳士《しんし》でした。りっぱなフロックコートを着《き》て、ぴかぴかのシルクハットを手《て》にしているところからして、かなり地位《ちい》の高《たか》い人《ひと》かと思《おも》われます。

ホームズは、その紳士《しんし》をぼくにしょうかいして、

「こちらはシティ・アンド・サバーバン銀行《ぎんこう》*1の頭取《とうどり》、メリーウェザーさんだ。……かれが友人《ゆうじん》のドクター・ワトスンです。」

ぼくは、銀行《ぎんこう》の名《な》に（あれっ、どこかで聞《き》いたような……）と思《おも》いながら、メリーウェザー頭取《とうどり》にあいさつをしました。

「こちらこそ、どうかよろしく。」

頭取《とうどり》も、そういってあいさつしてくれたものの、なぜこんな場所《ばしょ》にいなければならないのか、なっとくしていないようでした。

「わたしはこの二十七年間《ねんかん》というもの、土曜《どよう》の晩《ばん》は、*2ホイストの勝負《しょうぶ》をすることに決《き》めていたんです。その習慣《しゅうかん》をやぶってまで来《き》たんですか

ら、けっきょく、なんでもなかったというのでは、こまりますよ。」

イギリス人《じん》には、一度《ど》こうと決《き》めたことを、がんこに守《まも》る人《ひと》が多《おお》いのですが、かれはホイストというトランプ遊《あそ》びが、それのようです。

「だいじょうぶですよ、ホームズさんの目《め》のつけどころは、いつだって正《ただ》しいんですから。われわれ警察《けいさつ》が、うけあってもいいぐらいです。」

不満《ふまん》そうなメリーウェザー頭取《とうどり》を、ジョーンズ警部《けいぶ》がなだめました。

「ありがとう、ジョーンズ警部《けいぶ》」ホームズがいいました。

「今夜《こんや》の勝負《しょうぶ》は、ホイストとは、くらべものにならない大《おお》きなものになりそうですよ。メリーウェザーさんにとっては、とてつもない大金《たいきん》をぬすまれずに守《まも》ることができるかどうか。警部《けいぶ》にとっては、にっくきジョン・クレイをたいほできるかどうかの、せとぎわですからね。」

＊1頭取《とうどり》…銀行《ぎんこう》などの代表者《だいひょうしゃ》、社長《しゃちょう》。
＊2ホイスト…四人《にん》で行《おこな》うトランプのゲーム。

「だれですか、そのジョン・クレイというのは？」

メリーウェザー頭取《とうどり》が、きょとんとしてたずねましたが、その思《おも》いはぼくも同《おな》じでした。ジョーンズ警部《けいぶ》が説明《せつめい》したところでは、

「ジョン・クレイは、殺人犯《さつじんはん》で、どろぼうで、にせ金作《がねづく》りでもあり、ロンドンに悪人多《あくにんおお》しといえども、こいつほどのやつは、そんなにはいません。なんと王家《おうけ》につながる公爵《こうしゃく》*の子《こ》で、貴族《きぞく》のための学校《がっこう》であるイートン校《こう》や、オックスフォード大学《だいがく》で勉強《べんきょう》したこともあるほど頭《あたま》がいいというから、あきれるほかありません。今週《こんしゅう》は北《きた》のほうで強盗《ごうとう》をしたと思《おも》えば、次《つぎ》の週《しゅう》には、遠《とお》くはなれた南《みなみ》のほうで、孤児院《こじいん》を建《た》てるからと、うそをついて金《かね》を集《あつ》めている。もう何年《なんねん》も追《お》いかけているんですが、いまだに顔《かお》さえ見《み》ることができんのですよ。」

「それなら今夜《こんや》、会《あ》わせてあげられそうだよ。ぼくもあいつとかかわりがあってね。おっと、十時《じ》を回《まわ》った。では、出《で》かけるとしましょう。」

ホームズは、船員《せんいん》がよく着《き》るピー・ジャケットというコートを着《き》て、狩《か》りのときに使《つか》う太《ふと》いむちを手《て》に取《と》りながら、いいました。

＊公爵《こうしゃく》…貴族《きぞく》の位《くらい》の一《ひと》つ。

そのあと、ぼくたちは二台《だい》の馬車《ばしゃ》に、二人《ふたり》ずつ分《わ》かれて乗《の》りました。先《さき》を行《い》く馬車《ばしゃ》に乗《の》ったのは、ジョーンズ警部《けいぶ》とメリーウェザー頭取《とうどり》。ぼくはホームズといっしょの馬車《ばしゃ》で、あとからついていきました。

「ねえ、ホームズ。あのメリーウェザーという人《ひと》の銀行《ぎんこう》は……？」

「そう、今日《きょう》の午前中《ごぜんちゅう》に見《み》てまわった、あの表通《おもてどお》りにある銀行《ぎんこう》だよ。そして、これからわれわれが向《む》かうのも、そこさ。」

やがて目的地《もくてきち》に着《つ》き、馬車《ばしゃ》をおりたぼくたちは、頭取《とうどり》の案内《あんない》で、大通《おおどお》りからせまい路地《ろじ》をぬけ、ある建物《たてもの》のうら口《ぐち》の前《まえ》まで来《き》ました。

メリーウェザー頭取《とうどり》が開《あ》けてくれた、うら口《ぐち》から中《なか》に入《はい》ると、ろう下《か》の先《さき》に、がんじょうそうな鉄《てつ》の門《もん》がありました。そこも頭取《とうどり》に開《あ》けてもらうと、地下《ちか》におりるらせん階段《かいだん》があり、その先《さき》はまた鉄門《てつもん》です。

この門《もん》をすぎるあたりから、真《ま》っ暗《くら》になってきたので、カンテラ*に火《ひ》をつけました。その明《あ》かりをたよりに、土《つち》のにおいのする通路《つうろ》の先《さき》にあらわれた三番目《ばんめ》の鉄門《てつもん》をくぐったところで、目的地《もくてきち》とう着《ちゃく》となりました。

そこは巨大《きょだい》な地下貯蔵庫《ちかちょぞうこ》か、あなぐらのようなところで、まわりには木箱《きばこ》や、どっしりしたボックスがつまれて、かべをうめていました。

そう、ここはシティ・アンド・サバーバン銀行《ぎんこう》コバーグ支店《してん》の地下《ちか》。そこの三重《じゅう》の鉄門《てつもん》に守《まも》られた金庫室《きんこしつ》に、ぼくらはいるのでした。

「これなら上《うえ》のほうからせめてきたとしても、だいじょうぶですね。」

ホームズは、カンテラであたりをてらしながら、いいました。するとメリーウェザー頭取《とうどり》が、とくいげな顔《かお》になりながら、

「いえいえ、下《した》からせめてきたとしても、びくともしませんとも。」

*カンテラ…手《て》さげ式《しき》の石油《せきゆ》ランプ。

そういうと、ステッキでゆかをたたいてみせました。そのとたん、

「おかしいな、なんだかへんな音《おと》がしたぞ。まるで、この下《した》に——。」

ふしんそうな表情《ひょうじょう》で、いいかけたとたん、ホームズが止《と》めました。

「しっ、しずかに。もう少《すこ》しで作戦《さくせん》がだめになるところでしたよ。あなたは、そのへんにすわって、おとなしくしていてください。」

ふだん、こんなふうに人《ひと》から命令《めいれい》されることはないのでしょう。頭取《とうどり》はむっとして、箱《はこ》の一《ひと》つにこしかけました。

ホームズは虫《むし》めがねを取《と》りだすと、ゆか

にひざをつき、カンテラをかた手《て》に、ゆかにしかれた石《いし》のすき間《ま》を、たんねんに調《しら》べはじめました。

やがて満足《まんぞく》そうに立《た》ちあがると、虫《むし》めがねをポケットにしまいました。

そのあと、ホームズはぼくたちを見回《みまわ》すと、いいました。

「悪人《あくにん》が動《うご》きだすまでに、まだ一時間《じかん》はよゆうがあるね。いくら大《だい》たんな悪人《あくにん》どもでも、あの人《ひと》のよい質屋《しちや》のウィルスン氏《し》がねてくれるまでは犯行《はんこう》にはかかれない。だが、そもそもやつらは何《なに》をねらっているのか。この金庫室《きんこしつ》が目的《もくてき》だとすれば、何《なに》かわけがあるのか――これらのぎもんについては、メリーウェザーさんが答《こた》えてくださるでしょう。

そうですね。」

「しようがない、お話《はな》ししましょう。」

この銀行《ぎんこう》の頭取《とうどり》は、そう前《まえ》おきしてから、話《はな》しはじめました。

「じつは、この部屋《へや》には、ナポレオン金貨《きんか》で三万《まん》まい、全部《ぜんぶ》で六十万《まん》*フランのお金《かね》がおいてあるのです。うちの銀行《ぎんこう》がフランス銀行《ぎんこう》からかりたもので、わたしがすわっているこの箱《はこ》にも二千まいの金貨《きんか》がつまっているのですよ。もちろん、これだけの大金《たいきん》を一か所《しょ》に集《あつ》めておいてはきけんだから、なんとかしようということになったのですが、その前《まえ》に、ここにこんな大金《たいきん》があることが、世間《せけん》にもれてしまったのです。」

「そして、それをよりによって、いちばんきけんな悪人《あくにん》どもに知《し》られてしまった、と。しかし、今《いま》ならまだ間《ま》にあう。ぼくの考《かんが》えでは、あと一時間《じかん》のうちに、事件《じけん》は山場《やまば》をむかえるはずですが、それまではカンテラに、おおいをかけておくことにしましょう。」

「そんなことをしたら、真《ま》っ暗《くら》になってしまいますよ。それで一時間《じかん》も待《ま》つのですか？」

メリーウェザー頭取《とうどり》がいいました。ホームズはそれに答《こた》えて、

「仕方《しかた》ありませんね。明《あ》かりに気《き》づかれたらおしまいですから。

そうだ。その前《まえ》にみんなの配置《はいち》を決《き》めておきましょう。ぼくはこの箱《はこ》の後《うし》ろにかくれますから、みなさんはそちらにいてください。ぼくが明《あ》かりをつけたら、とびだして敵《てき》をかこみましょう。ワトスンくん、やつらがピストルをうってきたら、うちかえしてかまわないからね。」

ぼくは「わかった」と答《こた》え、近《ちか》くの箱《はこ》にピストルをおきました。ホームズがカンテラにおおいをかけると、真《ま》っ暗《くら》やみになりました。

「ジョーンズ警部《けいぶ》、警官《けいかん》の手配《てはい》はしていただけましたか？」

＊フラン…フランスで、以前使《いぜんつか》われていたお金《かね》の単位《たんい》。六十万《まん》フランは、今《いま》のお金《かね》で約六億円《やくおくえん》。

鼻《はな》をつままれてもわからない暗《くら》やみに、ホームズの声《こえ》がひびきます。

「はい、サックス・コバーグ・スクエアのほうには、三人《にん》がはりこんでいます。だれがとびだしてこようと、にがすことはありません。」

「けっこう。これでやつらは*ふくろのネズミ、あとは待《ま》つだけだ……。」

シャーロック・ホームズは、満足《まんぞく》したようにいいました。さあ、これからが、いよいよ赤毛《あかげ》クラブ事件《じけん》のクライマックスなのです……。

＊ふくろのネズミ…追《お》いつめられて、にげ道《みち》がなくなること。

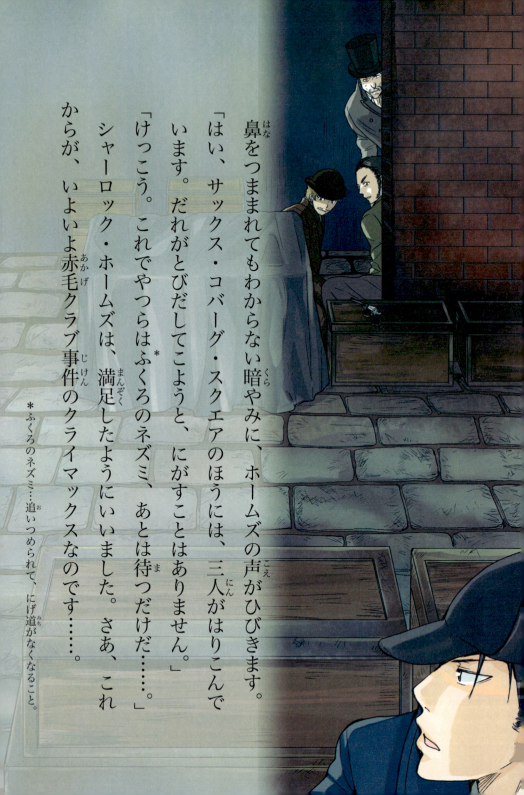

6 きみょうな犯人《はんにん》

そのあとすごした一時間《じかん》と十五分《ふん》ほど、長《なが》く感《かん》じられた時間《じかん》はありませんでした。物《もの》かげにかくれて、じっとしているので、体《からだ》のあちこちがいたくなってきましたし、きんちょうつづきでたいへんでした。

聞《き》こえるのは、みんなの息《いき》づかいだけ。あまり神経《しんけい》がとぎすまされているので、だれの息《いき》か区別《くべつ》がつくほどでした。

ずっと待《ま》ちつづけて、そろそろ心《こころ》も体《からだ》もつかれてきた――そんなとき、ぼくから見《み》えるゆかの一部《いちぶ》に、ちらっと黄色《きいろ》い光《ひかり》が見《み》えた気《き》がしたのです。

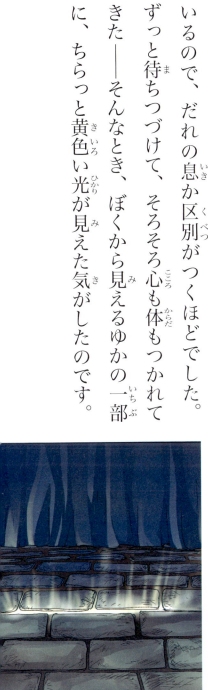

ハッとして見直《みなお》すと、さいしょはただの点《てん》だったのが、スーッと線《せん》になり、ぐいっとはばが広《ひろ》がって、かがやく光《ひかり》のおびのようになりました。どうやら、ゆかのしき石《いし》に、われ目《め》ができたらしいのです。なおも見《み》つめていると、なんとそこから、にゅーっとあらわれたのは人間《にんげん》の手《て》！女《おんな》のように白《しろ》くて細《ほそ》い手《て》は、まるでそこだけ独立《どくりつ》した生《い》き物《もの》みたいに、もぞもぞと、われ目《め》のまわりをはいまわりました。グーッと大《おお》きくつきだしたかと思《おも》うと、急《きゅう》にゆか下《した》に引《ひ》っこんでしまいました。

そのあとしばらくは、なんの動《うご》きもありませんでした。ところが、いきなりガラガラと大《おお》きな音《おと》がしたかと思《おも》うと、われ目《め》のまわりのしき石《いし》がはねあげられ、ぽっかりと大《おお》きなあなが開《あ》いたではありませんか。

そこからカンテラの光《ひかり》がさっとさしこんだあと、あなから子《こ》どもっぽい、けれど明《あき》らかに大人《おとな》の顔《かお》がのぞきました。しばらくようすをうかがったあと、その男《おとこ》はあなのふちに両手《りょうて》をかけて自分《じぶん》の体《からだ》を持《も》ちあげました。首《くび》、かた、こし――そしてひざが出《で》てきたかと思《おも》うと、そのままひょいっと、ゆかの上《うえ》に上《あ》がりこんでしまいました。

ほかに仲間《なかま》がいると見《み》えて、男《おとこ》はあなの中《なか》にうでをさしのべました。その手《て》に引《ひ》っぱりあげられて、二人目《ふたりめ》の男《おとこ》が金庫室《きんこしつ》のゆかに下《お》りたちました。おどろいたことに、その男《おとこ》の髪《かみ》の毛《け》は、あざやかな赤《あか》でした。

さいしょに入《はい》ってきた男《おとこ》は、あとから来《き》た赤毛《あかげ》の仲間《なかま》に向《む》かって、

「よし、うまくいったぞ。道具《どうぐ》は持《も》ってきたろうな、アーチー？　……うわっ、こいつぁいけねえ、あなにもどれ！　にげるんだ！」

あわててさけぶのと、物《もの》かげからとびでたホームズが、そいつのえり

首《くび》をつかむのが同時《どうじ》でした。そのすきに、アーチーとよばれた二人目《ふたりめ》の男《おとこ》がにげだそうとしたのを、ジョーンズ警部《けいぶ》がつかまえましたが、ざんねん！ つかんだ服《ふく》がビリッとやぶけ、あなに、にげられてしまいました。

そのとき、暗《くら》がりの中《なか》に光《ひか》ったものがありました。それは、一人目《ひとりめ》の男《おとこ》が取《と》りだしたピストルでしたが、次《つぎ》のしゅん間《かん》、ホームズのむちが、かれの手首《てくび》をピシッと打《う》ちすえ、ピストルはゆかに転《ころ》がりました。

「*かんねんするんだな、ジョン・クレイ。ていこうしても、むだだよ。」

ホームズのしずかな声《こえ》が、ひびきます。

ジョン・クレイとよばれた男《おとこ》は、にくらしいほど落《お》ちついたようすで答《こた》えました。

「どうやら、そうらしいな。もっとも、相棒《あいぼう》のアーチーは、つかまえられなかったようだな。えものは、そのちぎれた服《ふく》だけか。」

*かんねんする…あきらめる。思《おも》いきる。

「あいにく、出口《でぐち》のほうでは、警官《けいかん》が三人《にん》がかりで待《ま》ちかまえている。今《いま》ごろは、おまえと同《おな》じようにつかまっているだろう。」

ホームズがいうと、ジョン・クレイは、さすがにおどろいたようすで、

「えっ、そりゃ手回《てまわ》しのいいこった。こりゃ、まいったね。」

「さあ、手《て》を出《だ》せ、クレイ。やっとおまえに手《て》じょうをかけてやれる。」

ジョーンズ警部《けいぶ》がいうと、クレイは悪《わる》びれもせずにいいました。

「そんな、いやしい手《て》で、ぼくにさわらないでもらいたいね。ぼくはこう見《み》えても王室《おうしつ》の血《ち》を引《ひ》いてるんだ。ぼくにものをいうときは『あなたさま』とか『してくださいませ』とかの言葉《ことば》づかいにしたまえ。」

これにはジョーンズ警部《けいぶ》もあきれてしまって、

「はいはい、わかりました。それではあなたさまを、警察《けいさつ》におつれいた

しますので、どうか、わたくしめといっしょにおいでくださいませ。」

「それなら、よろしい。」

こうしてジョン・クレイは、大《おお》いばりで警察《けいさつ》につれていかれました。

あとにのこったメリーウェザー頭取《とうどり》は、ぼうぜんと、その場《ば》に立《た》っていました。やがて、今《いま》つれていかれた男《おとこ》に金貨《きんか》三万《まん》まいをぬすまれそうになったこと、目《め》の前《まえ》にいる名探偵《めいたんてい》が、それをふせいだことに気《き》づいて、

「ありがとうございます、ホームズさん。あなたがいてくださらなかったら、うちの銀行《ぎんこう》はつぶれていたかもしれません。なんとお礼《れい》をいったものか……なんでも、ご希望《きぼう》をおっしゃってください。」

これまでの気《き》むずかしさとは、ガラリとかわったたいどでいいました。

けれどホームズは、わらって首《くび》をふると、こういうのでした。

「どういたしまして。あのクレイという男《おとこ》は、いつかつかまえねばと思《おも》っていましたし、事件解決《じけんかいけつ》までに使《つか》った少《すこ》しばかりのお金《かね》さえいただければ、けっこうです。それに赤毛《あかげ》クラブなんて、きみょうな事件《じけん》は、こちらがお金《かね》をはらっても体験《たいけん》できるものではありませんしね！」

7 きみょうな真相《しんそう》

「つまり、あんな広告《こうこく》を新聞《しんぶん》にのせたり、わざわざ事務所《じむしょ》をかりたり、ロンドンじゅうから集《あつ》まった赤毛《あかげ》の男《おとこ》の相手《あいて》をしたのは、ただ一人《ひとり》、ジェベズ・ウィルスン――あの質屋《しちや》の主人《しゅじん》をだますためだったんだよ。」

そのよく朝《あさ》、ベーカー街《がい》の家《いえ》で、シャーロック・ホームズは、ぼくに事件《じけん》の真相《しんそう》をくわしく話《はな》してきかせてくれました。

「赤毛《あかげ》クラブなんてものをでっちあげたのは、ウィルスン氏《し》が見事《みごと》な赤《あか》毛《げ》だったからで、相棒《あいぼう》のアーチーの髪《かみ》が赤《あか》かったことから、思《おも》いついたのだろう。赤毛《あかげ》クラブの広告《こうこく》を出《だ》したダンカン・ロスの正体《しょうたい》こそ、アーチーで、スポールディングことクレイと、二人《ふたり》でウィルスン氏《し》をクラブにさそいこんだのだ。

そのうえで百科事典《ひゃっかじてん》を書《か》きうつさせた目的《もくてき》は、ウィルスン氏《し》を毎日《まいにち》何時間《なんじかん》かずつ、店《みせ》の外《そと》に追《お》いだすこと。週《しゅう》に四ポンドは、かなりの出費《しゅっぴ》だが、やがて手《て》に入《はい》る大金《たいきん》にくらべれば、どうってことはないよ。

だいたい、いくら商売《しょうばい》の勉強《べんきょう》のためだからといって、半分《はんぶん》の給料《きゅうりょう》でいいなんていうのはおかしい。これは、何《なに》がなんでもウィルスン氏《し》の質屋《しちや》ではたらきたかったからで、クレイにはその目的《もくてき》があったわけだね。」

「でも、それがよくわかったね。まさか銀行《ぎんこう》をねらってたなんて。」

「いろんな場合《ばあい》が考《かんが》えられた。たとえば、質屋《しちや》からぬすみたい物《もの》があったとか、ウィルスン氏《し》のむすめか、女店員《おんなてんいん》をすきになったとか……でも、あの質屋《しちや》にお金《かね》はないし、ウィルスン氏《し》に家族《かぞく》はいなかった。では、なんだろうと考《かんが》えたとき、スポールディングが写真《しゃしん》ずきで、しょっちゅう地下室《ちかしつ》にもぐりこむという話《はなし》が引《ひ》っかかったんだ。

そこで、スポールディングのとくちょうをきくと、どうも、いろいろ悪事《あくじ》をはたらいてきたジョン・クレイらしい。クレイともあろうものが、理由《りゆう》もなく地下室《ちかしつ》に入《い》りびたるわけがない。いろいろ考《かんが》えて、これは質屋《しちや》の地下《ちか》からどこかへ、トンネルをほっているのではと思《おも》いついた。

そこで、きみとあの質屋《しちや》に行《い》ったとき、店《みせ》の前《まえ》のしき石《いし》をステッキでたたいてみた。へんなことをすると思《おも》ったろうが、あれは音《おと》でトンネルがほられていないか、たしかめたかったんだ。」

「あれは、そういう目的《もくてき》だったのか！」

ぼくはおどろきのあまり、さけんでしまいました。

「とくにかわったことは、なかったけれどね。で、店《みせ》をたずねてみたら、運《うん》よくあいつが出《で》てきた。ぼくが見《み》たかったのは、顔《かお》じゃなくズボンのひざだった。そしたら、ずいぶんよごれて、しかもすりきれていた。

　これはやはり、あなほりだというので、今度《こんど》は質屋《しちや》の反対側《はんたいがわ》に回《まわ》ってみたら、なんと銀行《ぎんこう》があるじゃないか。二《ふた》つの建物《たてもの》は、背中合《せなかあ》わせにたっていたんだ。トンネルは店《みせ》の表《おもて》ではなく、うらからのびていた。そのことに気《き》づいたぼくは、サラサーテの演奏会《えんそうかい》のあと警視庁《けいしちょう》と銀行《ぎんこう》に行《い》って、自分《じぶん》の推理《すいり》について話《はな》した——というわけさ。」

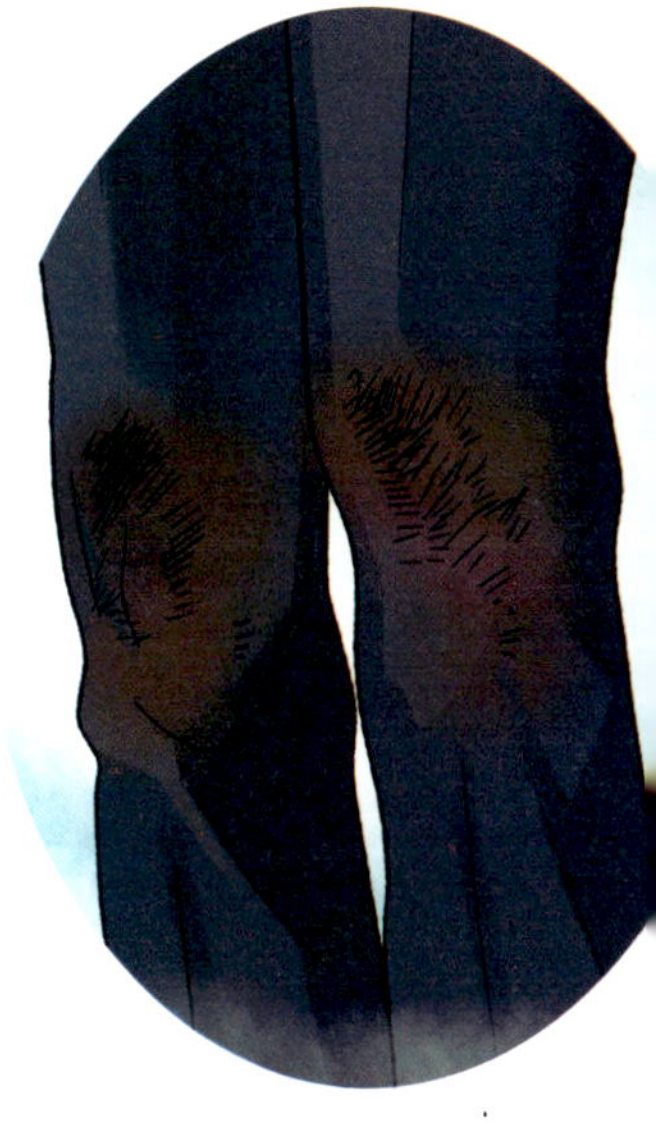

「でも、どうしてきのうの夜《よる》、金庫室《きんこしつ》がおそわれるとわかったんだい。」

「それはだね、赤毛《あかげ》クラブが解散《かいさん》したということは、もうウィルスン氏《し》が店《みせ》を留守《るす》にしなくてもいいということで、トンネルは完成《かんせい》したことになる。金貨《きんか》がよそにうつされることを考《かんが》えると一日《にち》も早《はや》くぬすみだすはず。しかも、きのうは土曜《どよう》で、銀行《ぎんこう》は休《やす》みだから、月曜《げつよう》に金庫《きんこ》を開《ひら》くまで、ぬすんだことが知《し》られずにすむ――となれば、夕《ゆう》べしか考《かんが》えられないじゃないか。ウィルスン氏《し》が、ねたあとでないとトンネルは使《つか》えないから、時間《じかん》も見当《けんとう》がついたしね。」

「じつにすばらしい推理《すいり》じゃないか。小《ちい》さな真実《しんじつ》がつながって、長《なが》いくさりのようになっている……いや、お見事《みごと》だよ、ホームズ！」

ぼくは心底感動《しんそこかんどう》し、大声《おおごえ》を上《あ》げてしまいました。すると、ホームズは、生《なま》あくびをしながら、

「まあね、たいくつしのぎにはなったかな。人生《じんせい》とは、たいくつさとの戦《たたか》いで、たまにこんな事件《じけん》があるから、なんとかすくわれるのさ。」

「そんなきみのおかげで、この世界《せかい》はすくわれているわけだけれどね。」

ぼくがしんけんにそういうと、シャーロック・ホームズは、てれくさそうにかたをすくめながら、いいました。

「そう、少《すこ》しは役《やく》に立《た》っているのかもしれない。フランスのある作家《さっか》の言葉《ことば》に、『人間《にんげん》は何《なに》をしたかが大切《たいせつ》なのだ』とあるようにね……。」

（「なぞの赤毛《あかげ》クラブ」おわり）

エピソード

02

くちびるのねじれた男《おとこ》

1 ロンドンのうら町《まち》にて

——そこは、なんとも、あやしげなふんいきのただよう町《まち》でした。

ロンドン橋《ばし》の東《ひがし》、テムズ川《がわ》の北岸《ほくがん》に高《たか》くそびえた岸《がん》ぺきがあり、その後《うし》ろに、きたならしいうら町《まち》があります。

その名《な》は、スワンダム横町《*よこちょう》。ぼくは、乗《の》ってきた馬車《ばしゃ》を近《ちか》くで待《ま》たせると、そこの路地《ろじ》へ、一人《ひとり》で入《はい》っていきました。

安物《やすもの》の服《ふく》を売《う》る店《みせ》と、ジンという強《つよ》い酒《さけ》を飲《の》ませる酒場《さかば》にはさまれて、急《きゅう》な下《くだ》りの石段《いしだん》がありました。下《お》りていった先《さき》は、まるでほらあなの入《い》り口《ぐち》のような暗《くら》がりでした。

戸口《とぐち》に石油《せきゆ》ランプをかけた家《いえ》があり、そのチラチラとゆらめく光《ひかり》にてらされて、とびらの取《と》っ手《て》が見《み》えました。

「よし、行《い》くぞ……。」

＊横町《よこちょう》…表通《おもてどお》りから横《よこ》に入《はい》った町《まち》なみ。また、その通《とお》り。

思《おも》いきって、とびらを開《ひら》くと、中《なか》は、ずっとおくまでつづく細長《ほそなが》い部屋《へや》になっていました。天井《てんじょう》はひくく、何段《なんだん》にもなったベッドがずらりとならんでいて、そこらじゅうにもうもうと、けむりが立《た》ちこめています。茶色《ちゃいろ》くてへんなにおいの、頭《あたま》のくらくらするようなけむり――それは、ベッドに横《よこ》たわったり、うずくまったりしている人《ひと》たちがくわえた、細《ほそ》長《なが》いパイプから流《なが》れてくるのでした。

みんな表情《ひょうじょう》はうつろで、目《め》はどろんとして、生《い》きているのか死《し》んでいるのかさえ、わからないという、あさましいありさまです。

ここは、おそろしいアヘン窟《くつ》「金《きん》ののべ棒亭《ぼうてい》」。みんながすっているアヘンは、ケシの実《み》からとった、人《ひと》の心《こころ》と体《からだ》をむしばむ麻薬《まやく》なのでした。

アヘンをすったり飲《の》んだりすると、どんなつらいことも、わすれるこ

とができ、ゆめ見《み》るような気分《きぶん》になることができます。でも、すわないでいると苦《くる》しくてたまらなくなり、やがては体《からだ》を動《うご》かすことも、ものを考《かんが》えることもできないようになってしまいます。

医者《いしゃ》であるぼくは、そのおそろしさをよく知《し》っています。なのにどうして、こんないまわしいアヘン窟《くつ》なんかに来《き》ているかというと、それには、ちゃんと目的《もくてき》があるのでした。

その目的《もくてき》をはたそうと、あたりを見回《みまわ》すと、部屋《へや》のおくのほうに、一人《ひとり》の老人《ろうじん》が、いすにこしかけているのが見《み》えました。

背《せ》の高《たか》いしわだらけの老人《ろうじん》で、かれだけはパイプをくわえず、ひじをひざにつき、こぶしの上《うえ》にあごをのせて、足元《あしもと》におかれた火《ひ》ばちの炭火《すみび》をじっと見《み》つめているのでした。なんとなくその老人《ろうじん》をながめていると、

＊あさましい…見苦《みぐる》しく、なさけない。

「いらっしゃいませ。どうぞ、こちらのベッドが空《あ》いております。」

スーッと近《ちか》づいてきて、ささやいた者《もの》がいました。黄色《きいろ》い顔《かお》の男《おとこ》で、手《て》にはパイプとアヘンがありました。

ぼくは、あわてて手《て》をふり、その男《おとこ》にいいました。

「いや、ちがうんだ。ぼくは、ここに人《ひと》をさがしに来《き》たんだ。アイザ・ホイットニーという友人《ゆうじん》をね。」

そのとたん、間近《まぢか》で「ええっ！」と、びっくりした声《こえ》がしました。

暗《くら》がりに目《め》をこらすと、そこにはひどくやつれて、顔《かお》は青《あお》ざめ、髪《かみ》をばさばさにした男《おとこ》がいて、ぼくにこうさけんだのです――。

「きみは……ワトスンじゃないか！」

2 「金《きん》ののべ棒《ぼう》亭《てい》」にて

その、何時間《なんじかん》か前《まえ》のことです。ぼくは、ケイト・ホイットニーという女性《じょせい》から、夫《おっと》のアイザについて相談《そうだん》を受《う》けていました。

アイザ・ホイットニーというのは、ぼくの友人《ゆうじん》で、かれとおくさんのケイトにとって、ぼくは、*かかりつけの医者《いしゃ》でもあったのです。

ホイットニーは、ふとしたことからアヘンを始《はじ》めてしまい、みるみるうちに体《からだ》をこわしてしまいました。

きき目《め》が切《き》れると苦《くる》しいうえ、体《からだ》がふるえてどうにもなりません。そうなると「金《きん》ののべ棒亭《ぼうてい》」に出《で》かけていくのですが、おくさんのケイト

*かかりつけ…具合《ぐあい》が悪《わる》いときに、いつもみてもらうこと。

は心配《しんぱい》しながらも、止《と》めることができずにいました。

それが、今度《こんど》は水曜日《すいようび》に家《いえ》を出《で》てから二日《ふつか》も帰《かえ》らないというのです。

かといって、女《おんな》の人《ひと》をこんなきけんな町《まち》には行《い》かせられません。

そこで、ぼくが引《ひ》きうけることにしたのですが——。


「いやだいやだ……まだ来《き》たばかりなのに、帰《かえ》るのなんか、いやだ……ほら、体《からだ》が、がくがくふるえてるだろう。せめて、もう一服《ぷく》……。」

ぼくがつれて帰《かえ》ろうとすると、ホイットニーはひどくいやがって、あばれだしたのです。ぼくは、かれにいいました。

「まだ来《き》たばかりだって？　今日《きょう》は金曜《きんよう》、しかも夜《よる》の十一時《じ》だぞ。」

「うそだ、水曜《すいよう》だろう、さっき来《き》て、まだ二、三服《ぷく》すっただけ……。」

どうやら麻薬《まやく》のせいで、頭《あたま》の中《なか》で時間《じかん》がとんでしまったらしいのです。

いくらいってもしようがないので、むりやりつれていこうと、もめるうち、さっきの店《みせ》の男《おとこ》が、おくのほうへ走《はし》っていきました。

これはいけない、と思《おも》っていると、つきあたりのドアが開《あ》いて、見《み》るからに、らんぼうそうな男《おとこ》たちが、何人《なんにん》も出《で》てきたではありませんか。

その中《なか》に、インド人《じん》と思《おも》われるおそろしげな人物《じんぶつ》がいて、ぼくらを指《ゆび》さしながら、けわしい顔《かお》つきで手下《てした》らしい男《おとこ》たちに何《なに》かいっています。

ぼく一人《ひとり》なら、戦《たたか》うにしても、にげるにしても、なんとかなりますが、立《た》つのもやっとというホイットニーがいっしょでは、そうもいきません。

そのとき、あの火《ひ》ばちの前《まえ》にこしかけていた老人《ろうじん》が立《た》ちあがり、のろのろ、よろよろと、ぼくたちのほうにやってきました。

ちょうど、それが後《うし》ろの男《おとこ》たちのじゃまになったものですから、
「どけ、じじい！」
外国《がいこく》なまりでどなりつけ、老人《ろうじん》の背中《せなか》をつきとばしました。そのまま
よろけながら、こちらへやってきて、ぼくにぶつかりかけたとき、

「ここはまかせて、早《はや》く外《そと》へ出《で》たまえ。」

耳元《みみもと》で、ささやきかけた声《こえ》に、おや？　と思《おも》ったときには、老人《ろうじん》とは思《おも》えない力《ちから》でつきとばされ、ぼくらは入《い》り口《ぐち》近《ちか》くへおしだされました。

とっさにホイットニーの体《からだ》をつかみ、そのままアヘン窟《くつ》の外《そと》に出《で》ました。そのとたん、いったん開《ひら》いたとびらがすぐにしまり、しかも中《なか》から、かけ金《がね》をおろすガチャリという音《おと》がしました。

こうなったら、仕方《しかた》がありません。やっと、ゆめからさめたホイットニーをつれて、石段《いしだん》を上《あ》がり路地《ろじ》をぬけ、馬車《ばしゃ》までつれていきました。

ちょっと考《かんが》えてから、ホイットニー夫人《ふじん》のケイトにあてた手紙《てがみ》を書《か》き、ぎょ者《しゃ》に、くれぐれも無事《ぶじ》に家《いえ》までとどけるよう、たのみました。

そのあと、アヘン窟《くつ》の近所《きんじょ》までもどって、こっそりと見《み》はっていると、

やがて、あの家《いえ》から、ふらりとあらわれた細長《ほそなが》い人《ひと》かげがありました。ぼくが声《こえ》をかけようとするのを、そっと止《と》めて、目《め》で合図《あいず》するので、そのままいっしょに歩《ある》いていきました。

スワンダム横町《よこちょう》を出《で》て、少《すこ》しは小《こ》ぎれいな町《まち》に出《で》るうちに、曲《ま》がっていた老人《ろうじん》のこしはのび、よろよろした足取《あしど》りはしっかりしたものになり、たるんだような顔《かお》はキリッと引《ひ》きしまりました。

まだ洋服《ようふく》と、顔《かお》にほどこしたメイクはそのままですが、もうまちがいはありません。あとから、だれも追《お》いかけてこないのをたしかめてから、ぼくは、もう老人《ろうじん》ではない老人《ろうじん》に向《む》かって、いいました。

「ホームズ！　どうしてまた、こんなところに？　それに、その変装《へんそう》は、いったいなんなんだね。」

3 二輪馬車《りんばしゃ》の上《うえ》にて

そう、アヘン窟《くつ》にいたあやしい老人《ろうじん》は、われらが名探偵《めいたんてい》シャーロック・ホームズだったのです。びっくりするやら、とまどうやらで質問《しつもん》をあびせかけるぼくに、

「やあ、ワトスン。こちらこそびっくりだよ。あそこの船員《せんいん》あがりのインド人《じん》の主人《しゅじん》ときたら、おそろしいやつだからね。ぼくとわかったら、たいへんなことになるところだったよ。」

ホームズは、ほがらかに答《こた》えました。

「あのアヘン窟《くつ》には、やっぱり探偵《たんてい》の仕事《しごと》で入《はい》りこんでいたのかい？

だとしたら、じゃまをして悪《わる》かったね。」

ぼくがあやまると、ホームズは首《くび》をふって、

「まあいいさ。きみはたずね人《びと》が見《み》つかってよかったが、ぼくのさがすネビル・セントクレアの手《て》がかりは、あそこにはなさそうだったしね。」

「だれだい、それは？」

ぼくがたずねると、ホームズはにっこりして、

「なぞの失《しっ》そう事件《じけん》のひがい者《しゃ》さ。どうだい、いっしょに来《く》るかい？」

「もちろんさ！」

それからしばらくして、ぼくは、いつものすがたにもどったホームズが、たづなをにぎる二輪馬車《りんばしゃ》に乗《の》って、ロンドン市内《しない》から、こう外《がい》への道《みち》を、ひた走《はし》っていました。

橋《はし》をわたり、同《おな》じようなレンガとモルタル＊の建《たて》物《もの》が、ずっとつづく中《なか》をかけぬけ、星空《ほしぞら》の下《した》をどこまでも進《すす》んでいきます。
「行《い》き先《さき》はケント州《しゅう》のリー町《まち》、ここから十一キロの道《みち》のりだよ。」
ホームズはそう説明《せつめい》したきり、何《なに》もいわずに馬《ば》車《しゃ》を走《はし》らせました。
リー町《まち》に、何《なに》があるのか。なんのために、そんなところへ行《い》くのか。さっきアヘン窟《くつ》にいたことと何《なに》か関係《かんけい》があるのか——ききたいことは山《やま》のようにありましたが、一生《いっしょう》けん命《めい》何《なに》かを考《かんが》えている

＊モルタル…セメントに、すなや水《みず》をまぜた、家《いえ》やかべをつくるときの材料《ざいりょう》。

らしいホームズのようすを見《み》て、じゃまはしないことにしました。

やがて、家《いえ》なみがとぎれ、まわりが広々《ひろびろ》とした庭《にわ》のある別荘《べっそう》ばかりになってきたところで、ホームズが座席《ざせき》から身《み》を起《お》こしました。

「さて……目的地《もくてきち》の『杉《すぎ》の木館《きやかた》』に着《つ》くまでに、今度《こんど》の事件《じけん》について話《はな》しておきたいんだが、聞《き》いてくれるかな。」

「もちろんだとも。だが、その前《まえ》に『杉《すぎ》の木館《きやかた》』とは、なんのことか教《おし》えてもらわないとね。」

ぼくは、にがわらいしながら答《こた》えました。ホームズのものいい方《かた》は、時々《ときどき》こんなふうなところがあるのでした。

「ああ、これはしっけい。『杉《すぎ》の木館《きやかた》』というのは、この事件《じけん》の主人公《しゅじんこう》ともいえるネビル・セントクレアの家《いえ》でね。かれは、そこにおくさんのセントクレア夫人《ふじん》と、二人《ふたり》の子《こ》どもとくらしていた。五年《ねん》ほど前《まえ》にリーの町《まち》にやってきて、そこで地元《じもと》の女性《じょせい》とけっこんしたんだ。セントクレアは三十七歳《さい》。ロンドンで仕事《しごと》をしていて、毎朝《まいあさ》、汽車《きしゃ》で出《で》かけていっては、夕方《ゆうがた》の五時《じ》すぎにはかならず帰《かえ》ってくる。家族《かぞく》はなかがよく、友人《ゆうじん》にもめぐまれ、お金《かね》にもこまっていない。

　そのかれが――急《きゅう》に、すがたを消《け》してしまったんだ。それも、その消《き》え方《かた》というのが、どうにもへんてこなんだよ。」

「ほう、それは……？」

ぼくは思《おも》わず身《み》を乗《の》りだしました。ホームズの話《はなし》によると、それはこんな事件《じけん》だったのです。

4 アヘン窟《くつ》の三階《かい》にて

——月曜日《げつようび》、ネビル・セントクレアはいつもと同《おな》じように、おくさんに見送《みおく》られ、ロンドンに向《む》かいました。

そのとき、かれは「むすこへのおみやげに、つみ木《き》を買《か》って帰《かえ》るよ」といったそうで、ふだんなら、セントクレア夫人《ふじん》はそのまま家《いえ》にいて、夫《おっと》の帰《かえ》りを待《ま》ち、子《こ》どものよろこぶ顔《かお》を見《み》るはずでした。

ところが、そのあとたまたま、おくさんあてに電報《でんぽう》がとどき、「セントクレア夫人《ふじん》あての小包《こづつみ》がとどいたので、ロンドン市内《しない》のアバディーン汽船会社《きせんがいしゃ》まで、うけとりに来《き》てください」と書《か》いてありました。

それは、おくさんが楽《たの》しみにしていた品物《しなもの》だったので、かの女《じょ》は夫《おっと》に少《すこ》しおくれてロンドンに出《で》ることになりました。

アバディーン汽船《きせん》というのは、スワンダム横町《よこちょう》とつながる通《とお》りにある会社《かいしゃ》です。

さて、セントクレア夫人《ふじん》は、せっかくロンドンに出《で》たのだからと、買《か》い物《もの》をしたあと、汽船会社《きせんがいしゃ》に行《い》って小包《こづつみ》を受《う》けとってから、駅《えき》に向《む》かいました。そのとちゅう、スワンダム横町《よこちょう》にさしかかったのが、ちょうど四時《じ》三十五分《ふん》のことでした。

まだ暗《くら》くはなっていませんでしたが、女性《じょせい》が一人歩《ひとりある》きするには、よくないところです。ひどくむし暑《あつ》い日《ひ》だったこともあり、かの女《じょ》は、つじ馬車《ばしゃ》でもないかと、あたりを見回《みまわ》しました。

と、そのときです。とつぜん頭《あたま》の上《うえ》で、

「わあっ！」

と、さけび声《ごえ》がしたものだから、セントクレア夫人《ふじん》はびっくりして、声《こえ》のしたほうをふりかえりました。次《つぎ》のしゅん間《かん》、かの女《じょ》は、はるかに大《おお》きなおどろきに打《う》たれて、立《た》ちすくんでしまいました。

なんと、ふりかえった先《さき》の建物《たてもの》の三階《かい》のまどに、夫《おっと》のネビル・セントクレアのすがたがあったのです！

そういえば、今《いま》のさけびは、たしかにかれの声《こえ》でした。セントクレアは、ひどくこうふんしたようすで、はげしくかの女《じょ》に手《て》をふっていましたが、すぐにまどのおくに引《ひ》っこんで、見《み》えなくなってしまいました。まるでそれは、おくさんのすがたを見《み》て助《たす》けをもとめたのに、何者《なにもの》かに、後《うし》ろから引《ひ》っぱりもどされたかのようでした。さらに気《き》づいたことには、セントクレアは、服《ふく》は家《いえ》を出《で》たときと同《おな》じだったけれど、*カラーもネクタイもつけない、だらしないかっこうでした。

夫人《ふじん》は、何《なに》か夫《おっと》の身《み》に悪《わる》いことが起《お》きたのではというので、石段《いしだん》をかけおり、建物《たてもの》の前《まえ》まで来《き》ました——そこがまさか、「金《きん》ののべ棒亭《ぼうてい》」というアヘン窟《くつ》とも知《し》らずに。

……そう、これであの店《みせ》に、ホームズが老人《ろうじん》に変装《へんそう》して、せん入《にゅう》していたわけがわかりました。セントクレアがいたのは、ぼくが友人《ゆうじん》をむか

*カラー…洋服《ようふく》・ワイシャツなどのえり。はじめからついているものと、取《と》りはずしのできるものとある。

えに行《い》ったのと同《おな》じアヘン窟《くつ》だったのです。

そんなおそろしい場所《ばしょ》とも知《し》らず、セントクレア夫人《ふじん》は、建物《たてもの》の中《なか》に入《はい》り、あの細長《ほそなが》い部屋《へや》をぬけて、おくの階段《かいだん》から上《あ》がっていこうとしました。

そこへ、あの、店《みせ》の主人《しゅじん》があらわれて、通《とお》せんぼうをしました。セントクレア夫人《ふじん》は、おそろしさをこらえて、夫《おっと》に会《あ》わせてくれとたのんだのですが、相手《あいて》にもしてくれません。

それどころか、手下《てした》に命《めい》じて、無理《むり》やり外《そと》に追《お》いだしてしまいました。こまった夫人《ふじん》は路地《ろじ》へ出《で》て助《たす》けをもとめました。すると、運《うん》のいいことに、見回《みまわ》り中《ちゅう》の警官隊《けいかんたい》と行《い》きあたりました。

いきさつを説明《せつめい》したところ、すぐに警官隊長《けいかんたいちょう》と巡査《じゅんさ》二人《ふたり》が「金《きん》ののべ

棒亭《ぼうてい》」にかけつけ、止《と》める主人《しゅじん》をおしきって、三階《かい》へとかけあがりました。

ところが、おくさんがセントクレアのすがたを見《み》たという部屋《へや》には、だれのすがたもありません。三階《かい》じゅうを調《しら》べたところ、見《み》つかったのは、世《よ》にも気味《きみ》の悪《わる》い顔《かお》をした、足《あし》の不自由《ふじゆう》な男《おとこ》が一人《ひとり》だけでした。

髪《かみ》の毛《け》はもじゃもじゃで、顔《かお》はあらったことがないみたいに、よごれて黒《くろ》ずんでいます。何《なに》よりのとくちょうは、顔《かお》の大《おお》きなきずあとで、それがひどい引《ひ》きつれになっているものですから、くちびるのかたほうのはしが、キューッとつりあがってしまっています。

くちびるのねじれた男《おとこ》――かわいそうですが、そんなよび名《な》がぴったりなその男《おとこ》は、なんでも、ここに住《す》んでいるということでした。

その男《おとこ》と店《みせ》の主人《しゅじん》が、二人《ふたり》していうには、

「今日《きょう》は、この三階《かい》にだれも上《あ》がってきた者《もの》はありません。きっと、その女《おんな》の人《ひと》のかんちがいでしょう。」

とのことで、そういわれてみると、たしかな*証拠《しょうこ》は、今《いま》のところありません。警官《けいかん》たちが、さてどうしたものかと思《おも》っていたところ、

「あっ、あれは……？」

と、さけびながら、夫人《ふじん》がテーブルの上《うえ》においてあった木《き》の小箱《こばこ》に、素早《すばや》く手《て》をのばしました。ふたを取《と》ったとたん、そこから転《ころ》がりでたのは、子《こ》どものおもちゃのつみ木《き》だったではありませんか。

「こ、これは、夫《おっと》が、けさ、おみやげに買《か》ってくるといったものです！」

そのとき、くちびるのねじれた男《おとこ》が、急《きゅう》にあわてだしたから、隊長《たいちょう》もこれはあやしいと思《おも》いなおしました。調《しら》べてみると、はたして、おそろしい犯罪《はんざい》の行《おこな》われた証拠《しょうこ》と思《おも》えるものが、ぞくぞくと見《み》つかったのです。まず、セントクレアがいたと思《おも》われる、表《おもて》に向《む》いた部屋《へや》を調《しら》べると、カーテンの後《うし》ろから、服《ふく》がいくつも見《み》つかって、夫人《ふじん》の話《はなし》によると、夫《おっと》のものでまちがいないとのこと。ズボンにワイシャツ、ネクタイ、カラー、くつ、くつ下《した》……ただし、上着《うわぎ》だけはありませんでした。

この部屋《へや》とつながっている、そまつなベッドをおいた寝室《しんしつ》もあり、ここには、うらに面《めん》したまどがあるのですが、なんと、そこのまどわくに血《ち》がついているのが発見《はっけん》されました。

＊証拠《しょうこ》…事実《じじつ》である事《こと》を明《あき》らかにするための、理由《りゆう》となる資料《しりょう》。

さらによく見《み》ると、ゆかにも点々《てんてん》と血《ち》がついています。それらを見《み》たせいで、かわいそうにセントクレア夫人《ふじん》は、気《き》をうしなってしまいました。

考《かんが》えられるのは、セントクレアはここでけがをして、そのままどこかへにげだしたか。それとも、何者《なにもの》かにつれさられたか。表《おもて》に面《めん》したまどからにげれば、見《み》つからないわけがありませんし、一階《かい》に下《お》りたのなら、やっぱりだれかに見《み》られてしまいます。

何《なに》しろ、すぐに警官隊《けいかんたい》がかけつけたのですから、かんたんにのがれっこありません。

となると、まどわくについた血《ち》から考《かんが》えても、うらのまどから出《で》たものと思《おも》われましたが、その下《した》には、いっぱいに水《みず》が流《なが》れていたのです。

ここは、テムズ川《がわ》のすぐ近《ちか》くで、海《うみ》の潮《しお》がみちると、水《みず》がおしあげられて、水面《すいめん》が上《あ》がり、川《かわ》の水《みず》が流《なが》れこんでしまうのです。セントクレアは、川《かわ》にとびこむか、つきおとされるかしたのでしょうか。

さあ、そうなると、あやしいのは、あの気味《きみ》の悪《わる》い男《おとこ》です。いくら、だれも見《み》ていないといっても、あのときアヘン窟《くつ》の三階《かい》にいたのは、この男《おとこ》しかいないのですから。

ところが、くちびるのねじれた男《おとこ》は、ただきたならしくて、気味《きみ》が悪《わる》いだけの人間《にんげん》ではありませんでした。

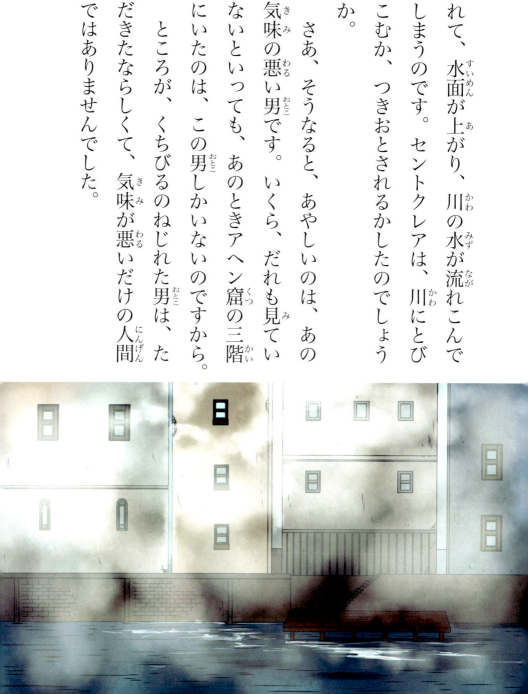

ここから少《すこ》しはなれたスレッドニードル街《がい》は、大《おお》きな銀行《ぎんこう》がいくつもある上品《じょうひん》な町《まち》ですが、その道《みち》ばたに、いつもすわりこんで、マッチを売《う》っている世《よ》にもみにくい顔《かお》をした男《おとこ》がいます。それが、かれだったのです。

名前《なまえ》をヒュー・ブーンといい、何年《なんねん》か前《まえ》にふらりとあらわれて、たちまち名物男《めいぶつおとこ》になったといいます。そのようすが、あんまりあわれで、みじめなものだから、通《とお》りすがりの人《ひと》たちは、つい、この男《おとこ》の前《まえ》におかれたぼうしに、小《こ》ぜにを入《い》れていきます。

街角《まちかど》で物《もの》ごいをする者《もの》をベガーといいますが、つまりはそれをして、お金《かね》をもらっているのです。しかし、この男《おとこ》、ふつうのベガーではありませんでした。

ただ、かわいそうに見《み》えるだけではなく、からかうような言葉《ことば》をかけられると、すぐさましゃれた答《こた》えを返《かえ》して、相手《あいて》をやりこめます。

足《あし》が不自由《ふじゆう》なようですが、歩《ある》くことはできるようですし、体《からだ》もじょうぶそうです。これなら、まだわかくてけんこうなセントクレアとけんかして、負《ま》かしてしまうことも、無理《むり》ではなさそうです。

そうなると、いよいよこいつが、うたがわしいということで、調《しら》べてみると、シャツの右《みぎ》のそで口《ぐち》に血《ち》がついています。まどわくや、ゆかについたものと同《おな》じだとすると、セントクレアとあらそったときに、ついたものかもしれず、犯人《はんにん》ということになるかもしれません。

でも、くちびるのねじれた男《おとこ》は、薬指《くすりゆび》のつめの近《ちか》くについたけがを見《み》せ、このきずのせいだといいはります。

身体《しんたい》けんさをしてみましたが、犯罪《はんざい》につながるようなものは何《なに》も出《で》てきません。ネビル・セントクレアなんて人《ひと》は、見《み》たことも聞《き》いたこともないし、ここには自分《じぶん》しかいなかったといいはります。

「セントクレア氏《し》のおくさんが、たしかに見《み》たといっているのだぞ。」

と、隊長《たいちょう》が問《と》いつめると、

「たぶん、まぼろしでも見《み》たのか、頭《あたま》がどうかしたんでしょう。」

と答《こた》えます。しようがないので、警察署《けいさつしょ》でくわしく調《しら》べることにして、

「いやだ、行《い》きたくない」とていこうする男《おとこ》を、部下《ぶか》の者《もの》につれていかせました。

そうこうするうちに、潮《しお》が引《ひ》いて川《かわ》の水《みず》がへり、うらのまどの下《した》の地《じ》面《めん》が見《み》えてきました。

ひょっとして、ネビル・セントクレアの死体《したい》が見《み》つかるのではないか

――と、警官《けいかん》たちはきんちょうしたのですが、あらわれたのは、思《おも》いがけないものでした。

「あれは、なんだ……上着《うわぎ》か？」

隊長《たいちょう》が、首《くび》をかしげます。そう、水面《すいめん》の下《した》にあったのは、セントクレアが着《き》ていた服《ふく》だけだったのです。

引《ひ》きあげてみると、なんと全部《ぜんぶ》のポケットに、ぎっしりと、コインがつまっていたではありませんか。

一*ペンス玉《だま》が四百二十一まい、半《はん》ペンス玉《だま》が二百七十まい。どうりで、流《なが》されずにしずんでいたはずです。これは、どういうことでしょうか。

*ペンス…イギリスのお金《かね》の単位《たんい》。硬貨《こうか》。

これまでのところのホームズの推理《すいり》は、こうでした。

「くちびるのねじれた男《おとこ》は、あのアヘン窟《くつ》の三階《かい》で、セントクレア氏《し》とはげしくあらそった。セントクレア氏《し》は、表《おもて》のまどから顔《かお》を出《だ》して助《たす》けをもとめたが、くちびるのねじれた男《おとこ》に引《ひ》っぱりもどされ、とうとう、うらのまどからつきおとされ、死《し》んでしまった。

あのあたりの川《かわ》の流《なが》れは、意外《いがい》にはげしいから、死体《したい》はそのまま流《なが》されていったが、そこでこまったのが、衣服《いふく》のしまつだ。これらは、死体《したい》の身元《みもと》をつきとめるのに、いちばんよい手《て》がかりになるからね。

かといって、そのまま投《な》げこんだのでは、水《みず》にうかんで目《め》についてしまう。そこでまず、上着《うわぎ》にその場《ば》にあったコインをつめこんで、まどからすて、ズボンなど、ほかの洋服《ようふく》も同《おな》じようにしようとしたが、その前《まえ》に警官隊《けいかんたい》とセントクレア夫人《ふじん》が上《あ》がってきてしまったので、やむなくカーテンの後《うし》ろにかくしたのではないだろうか。」

なるほど……と、思《おも》いましたが、だとすると、セントクレアは、くちびるのねじれた男《おとこ》とあらそう前《まえ》に、服《ふく》をぬいでいたことになります。なぜ、そんなことをしたのか。そもそも、なぜセントクレアと、命《いのち》にかかわるあらそい事《ごと》を起《お》こしたりしたのか……？

それらの点《てん》についてきくと、ホームズは考《かんが》えこみながら、

「うむ、まだそのへんのことはさっぱりわからないんだ。今《いま》いったのも、いちおう、そう考《かんが》えれば、りくつが通《とお》るというだけでね。

ネビル・セントクレアの身《み》に何《なに》が起《お》こり、今《いま》はどうなっているのか。なぜ、アヘン窟《くつ》の三階《かい》などにいたのか。くちびるのねじれた男《おとこ》こと、

ヒュー・ブーンは、セントクレアの行方不明《ゆくえふめい》と何《なに》か関係《かんけい》があるのか。

大《おお》ぜいの人目《ひとめ》がある中《なか》で事件《じけん》が起《お》きて、証拠品《しょうこひん》は山《やま》のようにあり、ようぎ者《しゃ》はたった一人《ひとり》。これほどかんたんに見《み》えて、こんなにむずかしい事件《じけん》は、めったにあるものではないよ。」

そんなふうに、推理《すいり》の行《い》きづまりを正直《しょうじき》に話《はな》してくれたときでした。

馬車《ばしゃ》の行《ゆ》く手《て》、林《はやし》の向《む》こうに、こんなおそい時刻《じこく》だというのに、ちらちらと明《あ》かりが見《み》えてきました。

「あれが『杉《すぎ》の木館《きやかた》』だよ。どうやらセントクレア夫人《ふじん》は、心配《しんぱい》でまだ起《お》きているらしいな。どう、どう！」

ホームズはそういい、馬《うま》に声《こえ》をかけると、ひときわりっぱな屋《や》しきの前《まえ》で馬車《ばしゃ》を止《と》めたのでした。

5 「杉《すぎ》の木《き》館《やかた》」にて

セントクレア夫人《ふじん》は、小《こ》がらで金《きん》ぱつの人《ひと》でした。ドアを開《あ》け、ホームズの顔《かお》を見《み》るなり、

「何《なに》か、よい知《し》らせでもありましたでしょうか。」

と、心配《しんぱい》そうにたずねました。

「ありません。」

とホームズが答《こた》えると、いっそう心配《しんぱい》そうな顔《かお》になりながら、

「では、何《なに》か悪《わる》い知《し》らせでも……。」

「いえ、それもありません。」

その答《こた》えに、セントクレア夫人《ふじん》は、いくぶんか安心《あんしん》したようでした。

そのあと思《おも》いきったようすで、

「あの、ホームズさま。つつみかくさずに、ありのままにお答《こた》えいただきたいのですけれど……。」

「はい、なんでしょう。」

「わたしの夫《おっと》は、まだ生《い》きているとお考《かんが》えでしょうか。」

夫人《ふじん》は、いすにこしかけたぼくたちを、自分《じぶん》は立《た》ったままで見《み》つめながら、問《と》いかけました。

これには、さすがのホームズもとまどいながら、

「はい……ありのまま、申《もう》しあげるなら、そう考《かんが》えるのはむずかしいと

思《おも》います。」

「では、もう死《し》んでいると？」

「はい、おそらくは。」

「殺《ころ》されたのでしょうか。」

「それはわかりませんが、その可能性《かのうせい》はあります。」

「そうだとして、それはいつのことでしょうか。」

「月曜日《げつようび》、こちらの家《いえ》を出《で》られたその日《ひ》のうちに。」

いいにくそうに、そう答《こた》えたとたん、セントクレア夫人《ふじん》のたいどが、かわったような気《き》がしました。

「だとしたら、今日《きょう》になって夫《おっと》から、こんな手紙《てがみ》がとどいたのは、いったいどういうわけでしょうか。」

そういいながら見《み》せたのは、そまつなふうとうでした。

とたんにホームズは、いすからとびあがりました。

「ご主人《しゅじん》からの手紙《てがみ》ですって？　見《み》せてください、今《いま》すぐに！」

さっそく調《しら》べてみたところ、ふうとうの表書《おもてが》きは、ずいぶんらんぼうな字《じ》で書《か》いてあり、これはセントクレアの*筆《ひっ》せきではないこと、ゆうびん局《きょく》の今日《きょう》の消印《けしいん》がおしてあること、これをポストに入《い》れた者《もの》の指《ゆび》は、ずいぶんよごれていたことなどが、わかりました。

「ふむ……あて名《な》の文字《もじ》と、住所《じゅうしょ》の文字《もじ》ではインクの色《いろ》がちがうから、一気《いっき》につづけて書《か》いたものではないな。つまり、名前《なまえ》は知《し》っているからすぐ書《か》けたが、住所《じゅうしょ》は、いったんペンをおいて、調《しら》べてから書《か》いたのかな。とにかく中《なか》を見《み》てみよう。」

ふうとうの中身《なかみ》は、何《なに》かの本《ほん》の白《しろ》いページをちぎったらしい紙切《かみき》れで、えん筆《ぴつ》でこう書《か》いてありました。

愛《あい》するきみへ

どうか心配《しんぱい》しないでくれ。すべてうまくいく。たいへんなまちがいが起《お》きてしまったが、じきに解決《かいけつ》するだろう。がまんして待《ま》っておくれ。

ネビルより

＊筆《ひっ》せき…手書《てが》きの文字《もじ》や、その書《か》き方《かた》、くせ。

「まちがいなく、夫《おっと》の筆《ひっ》せきです。それに、このふうとうには、夫《おっと》の指《ゆび》輪《わ》が入《はい》っておりました。たしかに自分《じぶん》が書《か》いたこと、自分《じぶん》が無事《ぶじ》であることを知《し》らせるために、送《おく》ってきたのにちがいありませんわ。」

セントクレア夫人《ふじん》は、熱心《ねっしん》にいうのでした。

「ふむ、この手紙《てがみ》が本物《ほんもの》なら、あのアヘン窟《くつ》の三階《かい》からすがたを消《け》したあとも、ご主人《しゅじん》は無事《ぶじ》だったことになりますね。でなければ、こんな手紙《てがみ》は書《か》けない。」

「ということは、夫《おっと》は生《い》きていると考《かんが》えてかまいませんのね。だって今日《きょう》その手紙《てがみ》を書《か》いたんですから。」

夫人《ふじん》は、いきおいこんでいいました。ホームズはしんちょうに、

「これが、にせの手紙《てがみ》でなければ、ですがね。指輪《ゆびわ》など無理《むり》矢理《やり》はずし

て送《おく》ればいいのですし、この手紙《てがみ》だって、ずっと前《まえ》に書《か》いたものを、今《いま》になってポストに入《い》れたのかもしれませんし。」

「いいえ、主人《しゅじん》は生《い》きているはずです。わたしにはわかるんです。夫《おっと》がいなくなった日《ひ》の朝《あさ》、わたしは一階《かい》で朝食《ちょうしょく》のしたくをしていたのですが、ふっと夫《おっと》の身《み》に何《なに》か起《お》きたような気《き》がして、二階《かい》にかけあがると、寝室《しんしつ》でひげをそっていた夫《おっと》が、あやまって指《ゆび》にけがをしていたのです。ちょっと血《ち》が出《で》たぐらいでもピンと感《かん》じたのですから、もし命《いのち》にかかわるようなことがあったなら、わたしにつたわらないわけが、ありません。」

セントクレア夫人《ふじん》は、きっぱりといい、これにはさすがのホームズもたじたじとなりました。そんな超能力《ちょうのうりょく》みたいな、りくつに合《あ》わないことで、なぞを解《と》くわけにはいかないからです。

けれども、セントクレア夫人《ふじん》の話《はなし》には、大事《だいじ》な手《て》がかりが、かくれていました。ですが、そのときぼくは、そのことに気《き》づかなかったのです。

「おくさんが、そう信《しん》じておられるのを、どうこういうつもりはありませんが……でも、もしご主人《しゅじん》が無事《ぶじ》でいられるなら、どうして帰《かえ》ってこられないのでしょうか。」

「それは……わかりません。」

「では、うかがいますが、ご主人《しゅじん》は家《いえ》を出《で》るとき、何《なに》もおっしゃらなかったのですね。」

「はい。ですから、あの路地《ろじ》で見《み》かけたときには、びっくりしました。」

「そのとき、まどは開《あ》いていたのですね。ということは、おくさんをよ

ぼうと思《おも》えば、できたわけですね。」
「はい、よべたと思《おも》います。」
「でも、『わあっ！』とさけんだだけだった。ということは、助《たす》けをもとめるというよりは、思《おも》いがけない場所《ばしょ》で、おくさんのすがたを見《み》かけて、びっくりしたのではありませんか。手《て》をふったのも、おどろきのあまり、そうしただけだった。」

「そうだったかもしれません。」

「ご主人《しゅじん》は、何者《なにもの》かに後《うし》ろから引《ひ》っぱられるようにして、すがたを消《け》したということですが、ご主人《しゅじん》を引《ひ》っぱった人間《にんげん》は見《み》えましたか。」

「いえ、見《み》えませんでした。」

「何《なに》、いなかった……。それはへんですね。もしかして、自分《じぶん》から引《ひ》っこんだということは考《かんが》えられませんか。」

「ええ、そのようにも見《み》えましたが……でも、どうしてそんなことを？　だって、あの部屋《へや》には、あの気味《きみ》の悪《わる》い男《おとこ》がいたのでしょう？　あいつがやったのではないのですか。」

「さあ、それはまだわかりません。では、最後《さいご》におたずねしますが、ご主人《しゅじん》はこれまでに、スワンダム横町《よこちょう》のことを話《はな》されたことがありますか。そして、アヘンをすったことは？」

「どちらもありません。」

セントクレア夫人《ふじん》は、きっぱりと答《こた》えました。

「ありがとうございます。では、今夜《こんや》はこれぐらいにしましょう。明日《あす》は、とてもいそがしくなるでしょうからね。」

そのあと、ぼくたちは、夫人《ふじん》が用意《ようい》してくれた部屋《へや》で、休《やす》むことにしました。そこにはベッドが二《ふた》つあったので、つかれていたぼくは、すぐ、ふとんにもぐりこみましたが、ホームズは、ねようとしません。

なぞが解《と》けないとき、ホームズは何日《なんにち》でも休《やす》もうとせず、考《かんが》えて考《かんが》えぬきます。そして、とうとう真相《しんそう》に行《い》きつくか、そうなるには材料《ざいりょう》が足《た》りないことがわかるまで、決《けっ》してやめることがないのです。

上着《うわぎ》とチョッキを青《あお》いガウンに着《き》がえたかれは、まくらやクッションを集《あつ》めてきて、東洋《とうよう》の長《なが》いすのようなものを作《つく》り、そこにこれも東洋風《とうようふう》にあぐらをかきました。

ひざの前《まえ》には、パイプ用《よう》のタバコ三十グラムほどと、マッチをおき、愛用《あいよう》のパイプをくわえました。

まず一服《いっぷく》。ゆっくりとけむりが立《た》ちのぼります。ホームズの目《め》は、ぼんやりと天《てん》じょうのかたすみに向《む》けられ、顔《かお》はするどく引《ひ》きしまって、ワシのようでした。

そんなホームズのすがたが、うす暗《ぐら》いランプの明《あ》かりにてらされているのをながめているうち、ぼくはいつの間《ま》にか、ねてしまいました。

でも、そのねむりは長《なが》くはつづきませんでした。とつぜん、だれかの

さけび声《ごえ》に、見始《みはじ》めたばかりのゆめをやぶられたからです。
「そうか、わかった、わかったぞ！」

6 ボウ街《がい》の警《けい》察《さつ》署《しょ》にて

びっくりするような大声《おおごえ》に、ぼくはベッドからとびおきました。

見回《みまわ》すと、部屋《へや》の中《なか》には朝《あさ》の光《ひかり》がさしこみ、もうもうと、タバコのけむりが立《た》ちこめています。

ホームズはと見《み》れば、あいかわらず、パイプをくわえたまま、夕《ゆう》べと同《おな》じ姿勢《しせい》のままでいました。でも、その顔《かお》は別人《べつじん》のように上《じょう》きげんで、目《め》もかがやいていました。

「目《め》がさめたかい、ワトスンくん。」

「ああ、おはよう。」

「朝食《ちょうしょく》の前《まえ》に、馬車《ばしゃ》に乗《の》りたいのだが、だいじょうぶかい？」

「もちろんさ。」

これは、いよいよ何《なに》か始《はじ》まると期待《きたい》しながら、服《ふく》を着《き》がえました。

時計《とけい》を見《み》ると午前《ごぜん》四時《じ》二十五分《ふん》。セントクレア夫人《ふじん》はまだねているようですが、馬手《ばしゅ》*のいる場所《ばしょ》はホームズが聞《き》いていたので、あずけていた馬車《ばしゃ》を出《だ》してもらうことにしました。

「ぼくは、ぼくの推理《すいり》が正《ただ》しいかどうか、たしかめてみたいんだ。ああ、こんなかんたんなことに気《き》づかなかったなんて、ぼくはヨーロッパ一《いち》のばか者《もの》だよ。だが、解決《かいけつ》のかぎは、とうとう見《み》つかった。」

「きみがヨーロッパ一《いち》のばか者《もの》なら、ぼくなんか、どうなる。それで、解決《かいけつ》のかぎというのは、どこにある？」

*馬手《ばしゅ》…馬《うま》の世話《せわ》をする人《ひと》。

ぼくは、ほほえみながら、ききました。

「このカバンの中《なか》さ。浴室《よくしつ》からかりてきた。さ、行《い》こう。」

またホームズが、わけのわからないことをいいだしたな、と考《かんが》えながら、ぼくはかれにつづいて、そっと階段《かいだん》を下《お》り、馬車《ばしゃ》に乗《の》りこみました。

そのあとは、早朝《そうちょう》のロンドン街道《かいどう》をまっしぐら。都会《とかい》の市場《いちば》に野菜《やさい》を運《はこ》ぶ荷馬車《にばしゃ》を見《み》かけたほかは、左右《さゆう》にならんだ家々《いえいえ》は、まだねむっているようにしずかでした。

「たしかに、*奇々怪々《ききかいかい》な事件《じけん》だったよ。ぼくは、まるで土《つち》にもぐったモグラみたいに、何《なに》も見《み》えていなかった。だが、やっと解決《かいけつ》にたどりつけたようだ。」

馬《うま》をあやつりながらのホームズの言葉《ことば》は、このうえなく、たのもしいものでした。

市内《しない》に入《はい》ると、そろそろ早起《はやお》きの人《ひと》たちがまどから顔《かお》を出《だ》して、それぞれの一日《にち》を始《はじ》めようとしています。馬車《ばしゃ》はテムズ川《がわ》をわたり、ボウ街《がい》の警察署《けいさつしょ》までやってきました。

＊奇々怪々《ききかいかい》…とてもふしぎであやしいこと。

今《いま》やホームズの名前《なまえ》は、ここの警官《けいかん》たちにも有名《ゆうめい》でしたから、すんなり中《なか》に通《とお》してもらえました。

「やあ、ホームズさん。こんな早《はや》くからどうされました。」

そういってむかえてくれたのは、当直《とうちょく》で警察署《けいさつしょ》にとまりこんでいたブラッドストリートという警部《けいぶ》でした。

「ネビル・セントクレア失《しっ》そう事件《じけん》のようぎ者《しゃ》は、こちらの留置場《りゅうちじょう》[*1]にいるのでしたね。」

ホームズがいうと、ブラッドストリート警部《けいぶ》はうなずいて、

「ああ、ヒュー・ブーンなら、独房《どくぼう》[*2]に入《い》れてありますよ。」

「ここでは、おとなしくしていますか。」

「はい、ただ、なんともかんとも、きたないのにはこまりますね。」

「かれに、会《あ》うことはできますか。」

「ホームズさんなら、かまいませんよ。こちらへどうぞ。」

ブラッドストリート警部《けいぶ》の案内《あんない》で、ぼくたちは留置場《りゅうちじょう》に向《む》かいました。ろう下《か》をはさんで、いくつもならんだドアの一《ひと》つを、警部《けいぶ》は指《ゆび》さすと、

「ここです。この小《こ》まどを開《あ》けますから、のぞいてごらんなさい。」

ドアの上《うえ》のほうについた、こうしのついた小《こ》まどから見《み》ると、中《なか》ではヒュー・ブーン――くちびるのねじれた男《おとこ》が、こちらを向《む》いて、すやすやねむっていました。

なるほど、ものすごい顔《かお》です。大《おお》きなきずあと、そのせいで引《ひ》きつった皮《ひ》ふ、ねじれてめくれあがったくちびる、ニュッとはみでた三本《ぼん》の歯《は》。赤茶《あかちゃ》けた、もじゃもじゃの毛《け》が顔《かお》にたれさがっているのも、いかにも

＊1留置場《りゅうちじょう》…犯罪《はんざい》をおかしたうたがいのある人《ひと》を、取《と》りしらべるために、とめておく場所《ばしょ》。
＊2独房《どくぼう》…刑務所《けいむしょ》などの一人用《ひとりよう》の部屋《へや》。

おそろしげです。何《なに》よりあかまみれで、きたならしいことといったら！

「どうです、すごいでしょう。」

警部《けいぶ》がいいました。ホームズはそれに答《こた》えて、

「いやあ、まったくだ。こりゃ顔《かお》をあらってやるひつようがありますね。じつは、こんなこともあろうかと、持《も》ってきた物《もの》がありましてね。」

いうなりカバンから取《と》りだした物《もの》を見《み》てびっくりしました。それは、おふろで体《からだ》をあらうときに使《つか》う、とても大《おお》きなスポンジだったからです。

「ははっ、あなたはおもしろい人《ひと》ですな。」

警部《けいぶ》がわらいました。ホームズはまじめな顔《かお》で、

「では、ごめんどうですが、なるべくこのドアをしずかに開《あ》けていただけますか。かれを男前《おとこまえ》にしてやるとしましょう。」

「いいですとも。こうきたなくては、われわれもこまりますからね。」

警部《けいぶ》がそっとかぎを開《あ》けてくれたので、ぼくたちは中《なか》に入《はい》りました。独房《どくぼう》には水《みず》がめがおいてあり、ホームズはそこにスポンジをひたしました。

くちびるのねじれた男《おとこ》は、まだ深《ふか》くねむっています。

ホームズはスポンジを手《て》に近《ちか》づくと……いきなり男《おとこ》の顔《かお》を、たて横十文字《よこじゅうもんじ》にこすったのです！

「みなさん、ケント州《しゅう》リー町《まち》のネビル・セントクレア氏《し》をごしょうかいします！」

ホームズは高《たか》らかにいいました。そのあと、目《め》の前《まえ》にくりひろげられたのは、これまで見《み》たことのない光景《こうけい》でした。

くちびるのねじれた男《おとこ》の顔《かお》を、ぬれたスポンジでぬぐうやいなや、まるで木《き》の皮《かわ》をはぐように、何《なに》もかもが、かわってしまったのです。

ザラザラだった皮《ひ》ふはなめらかに、おそろしいきずあとは、ペロリとはがれてしまい、くちびるのねじれも消《き》えました。おまけにもじゃもじゃした髪《かみ》の毛《け》まで、ホームズの手《て》であっさり、むしりとられたではありませんか。

そこにいるのは、あのみにくくてきたないベガーではなく、色白《いろじろ》で黒《くろ》髪《かみ》の上品《じょうひん》そうな男《おとこ》でした。

男《おとこ》はねぼけまなこで、さいしょは、何《なに》が起《お》きたのかわからないようすでした。すぐに自分《じぶん》の正体《しょうたい》があばかれたことに気《き》づき、あわてて顔《かお》をまくらでかくしたものの、それは、あとの祭《まつ》りというものでした。

「こりゃまたどうしたことだ！　これは行方不明《ゆくえふめい》になったという男《おとこ》じゃないですか。回《まわ》ってきた写真《しゃしん》で見《み》ましたよ。」

ブラッドストリート警部《けいぶ》は、びっくりぎょうてんして、さけびました。

「ええ、そうですとも。わたしはネビル・セントクレアです。でも、そうだとすると、どうしてこんなところに入《い》れられているんですかね。」

さっきまで、くちびるのねじれた男《おとこ》だった、その人物《じんぶつ》は、やけくそになったみたいにいいました。

「そりゃ、ネビル・セントクレア殺害《さつがい》のようぎで……いや待《ま》てよ、あんたがセントクレアで、セントクレアを殺《ころ》したのだとすると自殺《じさつ》になるのだが、そんな罪《つみ》はない……ええい、ややこしい。

警官《けいかん》になって二十七年《ねん》になるが、こんなへんてこな事件《じけん》ははじめてだ!」

目《め》を白黒《しろくろ》させていたブラッドストリート警部《けいぶ》は、とうとう、わらいだしてしまいました。

「つまり、犯罪《はんざい》は、はじめからなかったわ

けです。だから、こんなところにわたしを入《い》れているのは法《ほう》に反《はん》しますぞ。」

セントクレアは、開《ひら》きなおったようにいいました。

「たしかに犯罪《はんざい》はなかった。でも、あなたが、あやまちをおかしたことも、まちがいありません。おくさんを信《しん》じて、なぜ、ほんとうのことをいわなかったのですか。」

ホームズがいうと、セントクレアは急《きゅう》に弱気《よわき》になって、ベッドにすわりこんでしまいました。

「妻《つま》に知《し》られるのは、まだよかったのです。子《こ》どもたちに、はじをかかせたくなかったのです。父親《ちちおや》が、こんな仕事《しごと》をしていただなんて……。わたしは、どうすればいいんでしょう。」

ホームズは、セントクレアのとなりにすわると、やさしくいいました。

「このまま裁判《さいばん》にでもなれば、このひみつが世間《せけん》に知《し》られるのは、さけられません。でも、ここで真実《しんじつ》を話《はな》し、警察《けいさつ》になっとくしてもらえば、事件《じけん》をおおやけにしなくてすむでしょう。警部《けいぶ》にも、ぼくからたのみましょう。だから、お話《はな》しなさい。」

そういわれて、ネビル・セントクレアは、自分《じぶん》がくちびるのねじれた男《おとこ》になったいきさつを、語《かた》りはじめたのです――。

7 その留置場《りゅうちじょう》にて

「わたしはイングランド中部《ちゅうぶ》で育《そだ》ち、ちゃんとした教育《きょういく》を受《う》けました。父《ちち》がそこで教師《きょうし》をしていたからです。わかいころには、あちこちを旅《たび》して回《まわ》り、いろいろな仕事《しごと》につきましたが、中《なか》でもおもしろかったのは役者《やくしゃ》になったことで、このとき変装《へんそう》やメイクのやり方《かた》を身《み》につけたのが、あとで役立《やくだ》つことになりました。

ロンドンに出《で》てから夕刊新聞《ゆうかんしんぶん》の記者《きしゃ》になり、いろいろなところを見《み》ることができたのですが、あるとき編集長《へんしゅうちょう》が『ロンドンに大《おお》ぜいいる〝ベガー〟とよばれる人《ひと》たちを記事《きじ》にしたい』といいだしました。

これはおもしろそうだと、わたしが取材《しゅざい》を引《ひ》きうけたのですが、このとき、ただ話《はなし》を聞《き》くだけではつまらない、自《じ》分《ぶん》がベガーになって、体験《たいけん》したことを書《か》いてやろうと思《おも》いつきました。

そこで役《やく》に立《た》ったのが、しばいに出《で》た経験《けいけん》で、顔《かお》じゅうにたっぷりドーラン*1をぬり、にせのきずあとを作《つく》ったうえに、はだと同《おな》じ色《いろ》のばんそうこうをはって、くちびるを無理矢理《むりやり》つりあげました。できるだけあわれっぽく見《み》せ

ドーランをぬる

きずあとを作《つく》る

くちびるをつりあげる

るためです。そして赤茶《あかちゃ》けたかつらをかぶり、ボロ服《ふく》を着《き》て、にぎやかな場所《ばしょ》にすわりこんでみました。

そんなふうに物《もの》ごいをしていると、どんなことが起《お》き、何《なに》を感《かん》じるかを記事《きじ》にしたのですが、びっくりしたのが、道《みち》ばたに七時間《じかん》すわっていただけで二十六*2シリング四ペンスものお金《かね》がもらえたことでした。

そのときは、記事《きじ》を書《か》いて終《お》わりだったのですが、そのあと友人《ゆうじん》がこしらえた借金《しゃっきん》を、代《か》わってはらわなければならないことになり、どうしても二十五ポンドのお金《かね》がひつようになりました。

そこで思《おも》いだしたのが、あの取材《しゅざい》のときのことで、会社《かいしゃ》から休《やす》みをもらい、くちびるのねじれた男《おとこ》に変装《へんそう》して、町中《まちなか》ですわりこんでみたところ、たった十日《とおか》でお金《かね》をためることができたのです。

*1ドーラン…役者《やくしゃ》などがメイクに使《つか》う、油性《ゆせい》のおしろい。
*2シリング…イギリスで以前《いぜん》使《つか》われていたお金《かね》（硬貨《こうか》）の単位《たんい》。二十六シリングは、今《いま》のお金《かね》で約《やく》三万円《まんえん》。

おかげで借金《しゃっきん》は返《かえ》せたのですが、わたしはつくづくと、あくせくはたらくのがいやになりました。一日《にち》すわっているだけで一週間分《しゅうかんぶん》の給料《きゅうりょう》がかせげるのに、まじめにはたらいていられるものですか。わたしは新聞社《しんぶんしゃ》もやめて、もっぱらベガーとしてかせぐようになりました。

もちろん、わたしのようなベガーはめったにいません。たまたま、世《よ》にもあわれなすがたに化《ば》けることができたのと、教育《きょういく》があったので、通行人《つうこうにん》をよろこばせるような受《う》け答《こた》えができたからこそです。

昼間《ひるま》は、くちびるのねじれた男《おとこ》として道《みち》ばたにすわり、夜《よる》はふつうの紳士《しんし》にもどる。このひみつを知《し》っているのは、スワンダム横町《よこちょう》のアヘン窟《くつ》の主人《しゅじん》だけでした。あそこの三階《かい》を着《き》がえ場所《ばしょ》にかり、たっぷり部屋代《へやだい》をはらっていたので、ひみつがもれる心配《しんぱい》はありませんでした。

そうやって年《ねん》に七百ポンドもかせいだお金《かね》で、リー町《まち》に家《いえ》を買《か》い、けっこんすることもできました。妻《つま》は、わたしがこんな仕事《しごと》をしているとは知《し》らず、毎朝《まいあさ》、ロンドンの会社《かいしゃ》に通《かよ》っていると思《おも》って信《しん》じていました。

ところがこの前《まえ》の月曜日《げつようび》、いつものように仕事《しごと》を終《お》えて着《き》がえようとしていたとき、ふとまどの外《そと》を見《み》たところ、ちょうど下《した》にいた妻《つま》と目《め》が合《あ》ってしまったのです。おどろきのあまり『わあっ！』とさけんでしまい、顔《かお》をうででかくしながら、あわてて後《うし》ろに下《さ》がりました。

店《みせ》の主人《しゅじん》にたのんで、だれが来《き》ても上《あ》げないことにしてもらった直《ちょく》後《ご》、妻《つま》の声《こえ》がしました。無理《むり》に上《あ》がってこられてはたいへんですから、あわててボロ服《ふく》を着《き》て顔《かお》にメイクをしました。

見《み》やぶられない自信《じしん》はありましたが、もし警察《けいさつ》でも来《き》て調《しら》べられたら、ふだん着《き》ている服《ふく》から身元《みもと》がわかってしまうかもしれない。

そうだ、うらのまどから投《な》げすてよう！　そう思《おも》いつき、まどを開《あ》けたところ、朝《あさ》、ひげをそろうとして切《き》ってしまった指《ゆび》のきずがパックリ開《ひら》いて、血《ち》がしたたってしまいました。それでも、もらったお金《かね》をうつしかえてあった上着《うわぎ》をすてることはできたのですが、

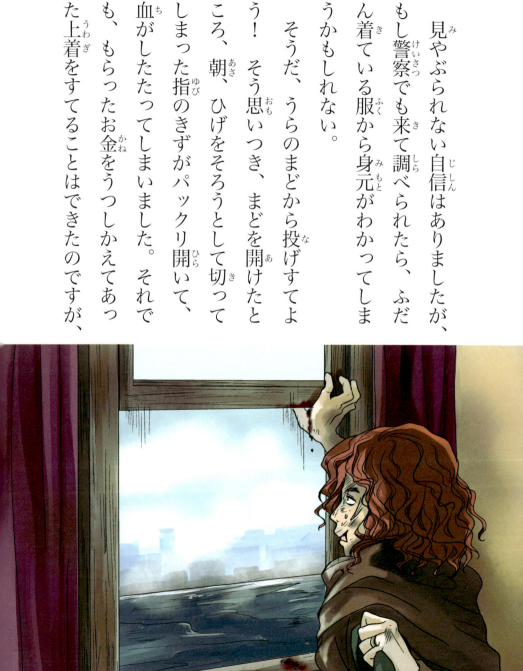

のこりの服《ふく》をしまつする前《まえ》に、警官隊《けいかんたい》にふみこまれてしまったのです。

わたしはすきを見《み》て、そのへんにあった本《ほん》のページをちぎると、妻《つま》にあてた手紙《てがみ》を走《はし》りがきし、自分《じぶん》の指輪《ゆびわ》といっしょにふうとうに入《い》れ、主人《しゅじん》にわたしました。あとでゆうびんに出《だ》してもらうためで、あれさえとどけば安心《あんしん》させられるし、あとはなんとかなると思《おも》いながら、警《けい》察《さつ》につかまったのです。」

「その手紙《てがみ》なら、きのうやっと、おくさんにとどきましたよ。」

ホームズがいうと、セントクレアはびっくりして、

「なんですって、それじゃ妻《つま》はこの一週間《しゅうかん》、心配《しんぱい》だったことでしょう。」

「あの主人《しゅじん》はずっと警察《けいさつ》が、見《み》はっていたからな。だれかに手紙《てがみ》をあずけて、そいつが出《だ》すのをわすれていたのかもしれない。」

ブラッドストリート警部《けいぶ》がいいました。そのあとにつづけて、

「とにかく、もうこんなことはやめるんだ。ヒュー・ブーンという男《おとこ》は、二度《にど》とすがたをあらわさないようにしろ。さもないと、すべてを公表《こうひょう》するからな。」

「わかりました。もうこれきりにすると、ちかいます。」

セントクレアは、すっかり反省《はんせい》したようすで、いいました。警部《けいぶ》はホームズに向《む》かって、

「やれやれ、なんともややこしい事件《じけん》だったが、解決《かいけつ》したのはあなたのおかげですよ。どうやって、この真相《しんそう》にたどりついたんです？」

「そうですね……クッションを五つばかり集《あつ》めた上《うえ》で、あぐらをかき、パイプタバコを三十グラムほどけむりにしたら、わかったのですよ。」

シャーロック・ホームズは、そんな言葉《ことば》で警部《けいぶ》をけむりにまくと、今《こん》度《ど》はぼくに向《む》かって、笑顔《えがお》でいいました。
「さあ、ワトスン。事件《じけん》もかたづいたことだし、馬車《ばしゃ》でベーカー街《がい》まで急《いそ》ごう。今《いま》ならまだ朝食《ちょうしょく》に間《ま》にあうよ。」

（「くちびるのねじれた男《おとこ》」おわり）

物語《ものがたり》について

シャーロック・ホームズとともに〜「なぞの赤毛《あかげ》クラブ」ほか

編著《へんちょ》・芦辺《あしべ》 拓《たく》

世界一有名《せかいいちゆうめい》な名探偵《めいたんてい》――みなさんのお父《とう》さんやお母《かあ》さんだけでなく、おじいさんやおばあさんたちも、きっと知《し》っているシャーロック・ホームズ。イギリスの作家《さっか》コナン・ドイルが、かれを主人公《しゅじんこう》に書《か》いた物語《ものがたり》は全部《ぜんぶ》で六十あります。これはその中《なか》から、えらびぬかれた傑作《けっさく》を、日本の少年少女《しょうねんしょうじょ》のために書《か》きあらためたシリーズです。どうかみなさんにも、愛読《あいどく》していただけますように……。

今回《こんかい》の二作《さく》は短編集《たんぺんしゅう》『シャーロック・ホームズの冒険《ぼうけん》』から、えらびました。

『なぞの赤毛《あかげ》クラブ』はとくに人気《にんき》のある作品《さくひん》で、赤《あか》い髪《かみ》の毛《け》の依頼人《いらいにん》がやってきて、きみょうな体験談《たいけんだん》をするところから、お話《はなし》に引《ひ》きこまれてしまいます。

赤毛《あかげ》の男《おとこ》だらけの町《まち》、百科事典《ひゃっかじてん》をうつすだけの仕事《しごと》と、とつぜんのクラブ解散《かいさん》。

それだけでもわけがわからないのに、ホームズがいっそう、わけのわからないことばかりするので、読者《どくしゃ》はワトスン博士《はかせ》といっしょに、とまどうほかありません。

でも、最後《さいご》になぞが解《と》かれ、真相《しんそう》が明《あき》らかになったとき、それらすべてに意味《いみ》があり、理由《りゆう》があったことがわかります。このときのおどろきと、なっとくこそが、探偵小説《たんていしょうせつ》、ミステリーというものの最大《さいだい》の楽《たの》しみなのです。

『くちびるのねじれた男《おとこ》』では心《こころ》と体《からだ》を病気《びょうき》にする薬《くすり》が流行《りゅうこう》したり、まじめに働《はたら》くよりお金《かね》がもうかる仕事《しごと》があったりと、はなやかなロンドンのうらがわをえがきます。そこにホームズが知恵《ちえ》の光《ひかり》を当《あ》てることで、うかびあがる意外《いがい》な真実《しんじつ》。

たった今《いま》までいたはずの男《おとこ》が、けむりのように消《き》えてしまったなぞは、どんなふうに解《と》かれたでしょう。ホームズの推理《すいり》を聞《き》く前《まえ》に、あなたも自分《じぶん》で考《かんが》えてみてはいかがですか。これもまた、探偵小説《たんていしょうせつ》の楽《たの》しみの一《ひと》つなのです。

シャーロック・ホームズの活《かつ》やくは、まだまだつづきます。

では、また次《つぎ》の本《ほん》でお会《あ》いしましょう。

もっと もっと
お話《はなし》を読《よ》みたい子《こ》に…

10歳《さい》までに読《よ》みたい世界名作《せかいめいさく》 シリーズ

ここでも読《よ》める! ホームズのお話《はなし》

名探偵《めいたんてい》 シャーロック・ホームズ

世界一《せかいいち》の名探偵《めいたんてい》ホームズが、とびぬけた推《すい》理力《りりょく》で、だれも解決《かいけつ》できないおかしな事件《じけん》にいどむ! くりだされるなぞ解《と》きと、犯《はん》人《にん》との対決《たいけつ》がスリル満点《まんてん》。

ISBN978-4-05-204062-7

事件《じけん》File《ファイル》01 まだらのひも

ホームズの部屋《へや》へ来《き》た女《おんな》の人《ひと》が話《はな》した、おそろしい出来事《できごと》。夜中《よなか》の口笛《くちぶえ》、決《けっ》して開《あ》かないまど、ふたごの姉《あね》が死《し》ぬ前《まえ》に口《くち》にした言葉《ことば》「まだらのひも」とは何《なに》か……!?

事件《じけん》File《ファイル》02 六《むっ》つのナポレオン

あちこちの店《みせ》や家《いえ》で、次々《つぎつぎ》にこわされる、安物《やすもの》のナポレオン像《ぞう》。ただのいたずらなのか、それとも何《なに》か理由《りゆう》があるのか? やがて4つ目《め》の像《ぞう》がこわされたときに、悲劇《ひげき》が起《お》こる!

ほか
全《ぜん》3作品《さくひん》を
収録《しゅうろく》

お話《はなし》がよくわかる! 『物語《ものがたり》ナビ』が大人気《だいにんき》

カラーイラストで、登場人物《とうじょうじんぶつ》やお話《はなし》のことが、すらすら頭《あたま》に入《はい》ります。

ISBN978-4-05-204190-7

こっちもおもしろい！ ルパンのお話《はなし》

怪盗《かいとう》 アルセーヌ・ルパン

大金持《おおがねも》ちから盗《ぬす》みをはたらくが、弱《よわ》い人《ひと》は助《たす》ける怪盗紳士《かいとうしんし》、アルセーヌ・ルパン。

あざやかなトリックで、次々《つぎつぎ》に世界中《せかいじゅう》の人《ひと》をびっくりさせる事件《じけん》を起《お》こす!

ほか全《ぜん》2作品《さくひん》
＋
物語《ものがたり》ナビ付《つ》き

Episode《エピソード》 01 怪盗《かいとう》ルパン対悪魔男爵《たいあくまだんしゃく》

古城《こじょう》に住《す》む男爵《だんしゃく》に届《とど》けられた、盗《ぬす》みの予告状《よこくじょう》。差出人《さしだしにん》は、刑務所《けいむしょ》にいるはずのアルセーヌ・ルパン！ ろう屋《や》の中《なか》のルパンが、どうやって美術品《びじゅつひん》を盗《ぬす》むというのか!?

プロローグ

その下からあらわれたのは、ぜんぜんちがう黒っぽい色のかみの毛。それどころか、顔つきまでが、すっかりかわっていました。

青年の顔は、ちょっと見たぐらいではわからない自然さで、けしょうがほどこされ、まるで別人に見えるようになっていました。

服の下には、しかけをするなどして、体つきまでかえてあります。

けれども、目つきだけは、かえることはできませんでした。そこをガニマール警部に見やぶられてしまったのです。

「わかった、わかりましたよ、ガニマール警部。たしかに、ぼくはアルセーヌ・ルパンです。こうさんしますから、その手をゆるめてくださいよ。」

21

10歳《さい》までに読《よ》みたい 世界名作《せかいめいさく》 シリーズ

赤毛のアン

トム・ソーヤの冒険

オズのまほうつかい

ガリバー旅行記

若草物語

名探偵シャーロック・ホームズ

小公女セーラ

シートン動物記「オオカミ王ロボ」

アルプスの少女ハイジ

西遊記

ふしぎの国のアリス

怪盗アルセーヌ・ルパン

ひみつの花園

宝島

あしながおじさん

アラビアンナイト シンドバッドの冒険

少女ポリアンナ

ロビンソン・クルーソー

フランダースの犬

岩くつ王

家なき子

三銃士

王子とこじき

海底二万マイル

ナルニア国物語 ライオンと魔女

十五少年漂流記

長くつ下のピッピ

ロスト・ワールド

レ・ミゼラブル ああ無情

三国志

ドリトル先生大航海記

この次《つぎ》 何読《なによ》む？

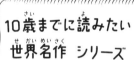

編著　**芦辺 拓**（あしべ　たく）
1958年大阪市生まれ。同志社大学卒業。読売新聞記者を経て『殺人喜劇の13人』で第１回鮎川哲也賞受賞。主に本格ミステリーを執筆し『十三番目の陪審員』『グラン・ギニョール城』『紅楼夢の殺人』『奇譚を売る店』など著作多数。《ネオ少年探偵》シリーズ、《10歳までに読みたい世界名作》シリーズ6巻『名探偵シャーロック・ホームズ』、12巻『怪盗アルセーヌ・ルパン』、24巻『海底二万マイル』（以上、Gakken）など、ジュヴナイルやアンソロジー編纂・編訳も手がける。

絵　**城咲 綾**（しろさき　あや）
漫画家、イラストレーター。主な作品に《マンガジュニア名作》シリーズ『トム・ソーヤーの冒険』、《マンガ百人一首物語》シリーズ、『10歳までに読みたい世界名作6巻 名探偵シャーロック・ホームズ』（以上Gakken）、イラストに『コミックスララ』（タカラトミー）など。

原作者

コナン・ドイル

1859年生まれの、イギリスを代表する推理小説家。1891年に雑誌『ストランド・マガジン』でホームズの連さいを始め、以後全60作品を書きあげた。世界一有名な名探偵、シャーロック・ホームズの生みの親。

10歳までに読みたい名作ミステリー

名探偵シャーロック・ホームズ
なぞの赤毛クラブ

2016年６月28日　第１刷発行
2025年３月31日　第12刷発行

原作／コナン・ドイル
編著／芦辺 拓
絵／城咲 綾
装幀デザイン／相京厚史・大岡喜直（next door design）
巻頭デザイン／増田佳明（next door design）

発行人／川畑 勝
編集人／高尾俊太郎
企画編集／髙橋美佐　松山明代
編集協力／勝家順子　上埜真紀子
ＤＴＰ／株式会社アド・クレール
発行所／株式会社Gakken
〒141-8416 東京都品川区西五反田2-11-8
印刷所／株式会社広済堂ネクスト

この本に関する各種お問い合わせ先
●本の内容については、下記サイトのお問い合わせフォームよりお願いします。
https://www.corp-gakken.co.jp/contact/
●在庫については　Tel 03-6431-1197（販売部）
●不良品（落丁、乱丁）については　Tel 0570-000577
学研業務センター　〒354-0045　埼玉県入間郡三芳町上富279-1
●上記以外のお問い合わせは　Tel 0570-056-710（学研グループ総合案内）

NDC900　170P　21cm

物語《ものがたり》を読《よ》んで、
想像《そうぞう》のつばさを
大《おお》きく羽《は》ばたかせよう！
読書《どくしょ》の幅《はば》を
どんどん広《ひろ》げよう！

シリーズキャラクター
「名作《めいさく》くん」

ふふふ…。
「10歳《さい》までに読《よ》みたい名作《めいさく》ミステリー
名探偵《めいたんてい》シャーロック・ホームズ」シリーズ5さつを
読《よ》んだら、ひとつの言葉《ことば》になるのだよ。
ちょうせんしたまえ。

シー？？？？？？